1

三嶋与夢
illustration
高峰ナダレ

あたしは星間国家の英雄騎士！

I am the Heroic Knight of the Interstellar nation

「実戦を経験していない騎士など役に立ちません」
クローディア
Claudia

「だけど、騎士学校を
出たばかりのヒナたちを
即実戦投入なんてやり過ぎよ」
クリスティアナ
Christiana

モリー
Mollie
『エマちゃんありがとう！』

『え？　う、うん？』
抱きつかれて好意を示されたエマは、
何故か嬉しくて泣きそうになっていた。
エマ
Emma

AG003-M114R
アタランテ
ATALANTE

「それでも
この子とならーー
やれる！」

CONTENTS

I am the Heroic Knight of the Interstellar Nation

あたしは星間国家の英雄騎士！

I am the Heroic Knight of the Interstellar Nation

1

三嶋与夢

illustration

高峰ナダレ

イラスト／高峰ナダレ

プロローグ

宇宙空間に漂う、全長数十キロにも及ぶ小惑星。

かつては資源採掘が行われた名残《なごり》から、小惑星の表面にはいくつもの坑道が存在する。

その長さは数メートルから数百メートルと様々だ。

現在は軍が小惑星を要塞化し、基地として運用していた。

内部にある空洞を利用し、軍事施設としている。

その一部の区画には、真新しい騎士服に身を包んだ若者たちの姿があった。

無重力状態の広い部屋に整列した若者たちは、靴裏の磁力で床や壁、そして天井に直立している。

部屋の中央には、立体映像で映し出された人物が投影されている。

威圧的に見せるため、実際の本人より何倍も大きくした映像だ。

身振り手振りを加えて、整列した若者たちに語りかけている。

立体映像で投影されているのは、バンフィールド家を代表する騎士と呼ばれる存在だ。

騎士とは軍人と明確に区別された存在である。

幼い頃より何度も肉体強化処置を受け、通常の兵士を育成するよりも何十倍という予算と時間をかける必要がある。

超人的な兵士――帝国や多くの星間国家では、このような兵士を騎士と呼んで優遇していた。

『過酷な訓練に耐え、この日を迎えた諸君たちに敬意を払おう。君たちは今日から、バンフィールド家の騎士である』

バンフィールド家――星間国家アルグランド帝国アルバレイト朝に属する伯爵家は、人が住める居住可能惑星を複数所有する大貴族だ。

そんなバンフィールド家が、自領で騎士の育成に力を入れていた。

領内に幾つもの騎士学校を用意しており、要塞内にあるのもその内の一つだ。

バンフィールド家は領地規模の割に、家臣団――代々仕えている騎士やその一族――を持たない。

これはバンフィールド家の事情であり、本来であれば騎士の多くは代々騎士となって家を継いでいる。

星間国家が存在する世界でありながら、前時代的な価値観が色濃く残っていた。

そこには様々な事情もあるのだが、今のバンフィールド家にとって譜代の家臣というのは存在していない。

そのため、急遽《きゅうきょ》騎士学校を設立し、騎士の育成に力を注いでいた。

整列している千人を超える全員が、今日からバンフィールド家で騎士として仕える若者たちだ。

騎士になるためには、まず年齢に制限がある。

成長しきった大人が、超人である騎士になるのは極めて困難だ。無理ではないが、労力の割に結果が伴わない。

大人が騎士になるために処置や訓練を行っても、結果はギリギリ騎士と呼べるかどうかといった実力になる。

そのため、騎士になるなら子供——若者たちと決まっていた。

並んだ若者たちの多くが、まだ若く学生であってもおかしくない年齢だ。

もっとも、ここは星間国家が存在する世界——見た目と年齢には違いがある。

高校生くらいに見える若者が、実年齢は五十歳を超えている世界だ。

それでも、この世界ではまだ若いとされる。

そんな若者たちの中には、まだ幼さの残る【エマ・ロッドマン】の姿もあった。

ボブカットの濃い茶髪。

瞳が大きく、どこか人懐っこさが感じられる。

背丈は同年代と比べても平均的で、胸も手の平に収まる大きさ。

その割に下半身の肉付きが良い。

特にお尻や太ももも周りが大きいため、本人は気にしていた。

周囲よりもやや幼い印象があるエマだが、今日からは騎士としてバンフィールド家の軍で活躍することになる。

卒業式に参加するエマは、瞳を輝かせていた。

（ついにあたしも騎士になれたんだ）

エマには幼い頃からの夢があった。

それは、騎士になることだ。

（ようやくスタートラインに立てた。これで——あの人に近付ける）

騎士に憧れた理由でもあるのだが、エマには心から尊敬する人物がいた。

それは【リアム・セラ・バンフィールド】——バンフィールド伯爵その人である。

エマには三十年以上も前でありながら、昨日のことのように覚えている幼き日の思い出がある。

◇

三十年以上も前の話だ。

幼い頃のエマは、両親と一緒に外に出て空を見上げていた。

周囲には大勢の人々がいて、空に向かって歓声を上げている。

見上げる先には、空を覆い尽くす数多くの巨大な宇宙戦艦たちがあった。

バンフィールド家本星の空で艦列を作り、ゆっくりと航行してその姿を領民たちに見せつけていた。

空を飛ぶ宇宙戦艦の周囲には、人型で全高十八メートル前後のロボットたちの姿がある。

機動騎士――戦争のために造られたロボットたちだ。

それら威圧的な存在が空を覆い尽くしているのに、エマの両親や家族――そして領民たちは歓声を上げている。

上空に向かって手を振り、中には涙を流している人たちもいる。

愛し合っている恋人や家族と抱きしめ合い、喜びを嚙《か》みしめている人々も多かった。

戦争から戻り、凱旋《がいせん》している最中のバンフィールド家の軍隊に向かって。

「領主様がゴアズ宇宙海賊団を倒してくれた！」

「俺たちは助かったんだ！」

「バンフィールド家万歳！」

人々が口にするのは、宇宙海賊を退けたバンフィールド家の軍隊への賛辞だ。

少し前まで、凶悪な宇宙海賊が接近しているという知らせを受けた人々は恐怖に震えていた。

宇宙海賊の中でも特に凶悪な者たちは、辺境惑星の軍隊を容易に退けて惑星を滅ぼしてしまう。

誰もが暗い未来を想像し、絶望感に打ちひしがれていた。

そんな絶望を打破したのは、まだ若い自分たちの領主だった。

名前はリアム・セラ・バンフィールド――まだ成人もしていない子供でありながら、立派に領主としての務めを果たし、見事に宇宙海賊たちを追い払った。

そんなバンフィールド家の軍隊の雄姿が、映像として空に投影されている。

その中に、機動騎士が映し出された映像が見えた。

黒く大きな機動騎士は、両肩に大きな盾を持たせた特徴的な姿をしている。

エマはそんな機動騎士に向かって両手を伸ばす。

「お母さん、あれは何？」

艦首に立つ特徴的な機動騎士の映像に、エマは魅了されていた。

側《そば》にいた母親が、何も知らないエマに微笑《ほほえ》みながら教える。

「領主様の機動騎士よ。きっととても強いわよ」

「領主様は強いの？」

子供の素直な質問に、母親は戸惑いを見せる。

自分たちの領主が本当に強いかなど知らないからだ。

バンフィールド家本星【ハイドラ】にある政庁では、領主であるリアムの強さを広報活動で伝えている。

だが、それもどこまで真実なのか領民の多くが知らない。

誇張も含まれているだろう、というのが大方の認識だ。

それでも、子供には夢を持って欲しかったのだろう。

「そうよ。何しろ騎士様だもの」

「騎士様？」

「えっとね。凄《すご》く強い人たちなのよ。私たちを守ってくれたのよ」

母親と一緒に空を見上げれば、上空を機動騎士たちが整列して飛んでいた。

そして、一際大きな戦艦が自分たちの上空を通過して太陽光を遮《さえぎ》る。

初めて生で見る巨大な宇宙戦艦の迫力に、エマは目を見開いていた。

心臓の鼓動が高まるのを感じていた。

「騎士様はみんなを守ってくれるの？」

「そうよ」

「だったら――あたしは騎士様になる！　ロボットに乗って、悪い人たちからみんなを守る人になる！」

母親は娘であるエマの将来の夢を聞いて微笑む。

「それなら、いっぱい頑張らないとね」

「うん！」

その日、エマは騎士になると自分に誓いを立てた。

◇

卒業式が終わったエマたちは、シャトルに乗るため部屋で準備をしていた。

二人部屋の狭い部屋には、二段ベッドと机が二つ。

収納スペースもあるが、私物を沢山持ち込むには狭すぎる。

そのため、荷物をまとめる時間もあまりかからない。

エマが荷物をまとめ終わると、これまで同室で過ごしてきた騎士に声をかけられる。

ストレートの黒髪でショートヘアーなのだが、前髪を伸ばして片目を隠していた。

彼女の名前は【レイチェル】。

背が高くスレンダーな体形をしており、まるでモデルのように綺麗《きれい》な女性騎士だ。

騎士服――礼服もキッチリと着こなしている。

エマも同じ礼服を着ているのに、まるで別物に見えた。

年齢もそう変わらないのだが、エマには同室の女性騎士レイチェルが頼りになる姉のような存在に感じられていた。

二人の礼服には騎士であることを示す飾りと、少尉の階級章がある。

騎士学校を卒業した時点で、エマもレイチェルも軍で少尉扱いを受ける。

「これであんたともお別れだね」

素っ気ない口調のレイチェルだが、エマは気にせず返事をする。

「またどこかで会えるといいね」

エマの言葉を聞いて、レイチェルは肩をすくめる。

それがどれだけ、この世界で実現困難なことかを知っているからだ。

「この広い世界で、あんたと再会できたら運命を感じるよ。――まぁ、それも悪くないけどさ。生きて再会できたらいいね」

顔を背けて照れているレイチェルを見て、エマがニマニマと笑う。

「レイチェルは相変わらず照れ屋だね」

「五月蠅《うるさ》いよ、ポンコツ娘。そんなことより、あんたは次に控える研修期間を心配するんだね」

研修期間――騎士学校を卒業した者たちに待っているのは、選別とも呼ばれる研修期間だった。

ここ数年、バンフィールド家では研修の名を借りた選別が行われている。

騎士には軍の階級とは別に、騎士階級とも呼ばれるランク付けが行われている。

通常を「C」ランクとして、騎士の実力に合わせてランクが決められる。

ただ、強いというだけで高ランクは与えられない。

選別で重要視されるのは、今後バンフィールド家で使えるかどうか？　ということだ。

エマはレイチェルから視線を逸《そ》らす。

「が、頑張るよ」

「あんた、他は問題ないけど機動騎士の操縦は苦手だからね」

「機動騎士の操縦が一番好きなのに」

幼き日に機動騎士に憧れたエマだったが、何故《なぜ》か操縦の成績が大きく足を引っ張っていた。

　卒業できたのも、その他でカバーしたからに過ぎない。

　頭を抱えるエマを見て、レイチェルは小さくため息を吐《つ》く。

「ま、お互い頑張りましょう」

「――うん」

　僅かばかりの不安を抱え、エマたちは部屋を出てシャトルの発着場へと向かう。二人は廊下を歩きながら、これからのことを話題に盛り上がっていた。

「レイチェルの研修先はどこ？」

「第二十四部隊だよ。あんたは？」

「――第一」

「は？　それ本当なの？」

　研修を行う部隊は数多く用意されている。

　だが、その中でも第一というのは、教官が厳しいことで有名だった。

　レイチェルが右手で顔を押さえて天を仰ぐ。

「あんたの運の悪さには同情するわ」

◇

『敵の機動騎士を確認。味方機動騎士部隊と交戦を開始します』

『味方機動騎士が一機だけ部隊から離れています』

『ロッドマン少尉、応答して下さい。トラブルですか？　ロッドマン少尉？』

状況を知らせていたオペレーターたちの声が聞こえる。

「い、いえ、大丈夫です！」

『すぐに部隊と合流して下さい』

「はい!?」

騎士学校を卒業したエマ・ロッドマン少尉を待っていたのは、過酷な現実だった。

機動騎士のコックピットに乗り込み、モニターには宇宙空間が広がっていた。

エマは幼い頃の夢を叶《かな》えて騎士になり――今は機動騎士を与えられ、研修先でいきなり実戦に投入されている。

コックピットの中、パイロットスーツに身を包んだエマは初の実戦に動揺していた。

操縦桿《かん》を小刻みに動かし、フットペダルを踏み込む。

焦りから、体に力が入り普段通りの操縦ができていなかった。

「どうして！　どうしてなの!?」

乗っている機体は、バンフィールド家が主力量産機と定めた【ネヴァン】だ。

騎士の鎧《よろい》をスマートにした外見に、マント型の追加ブースターを背負った姿をしている。

追加ブースターを広げた姿は、まるで翼を広げたようだ。

グレーで塗装されたネヴァン。

バンフィールド家が所属する星間国家——アルグランド帝国の正規軍でも採用を検討される優秀な機動騎士だ。

帝国の次期主力量産機最有力候補とまで呼ばれており、性能の高さは証明済み。

ただ。

「どうして思うように動いてくれないの!?」

エマは操縦桿を握り、反応の鈍さに困惑していた。

「訓練より反応速度が遅い。整備ミス？」

パイロットスーツを着用しているエマは、ヘルメットの中で額から頬に冷や汗が流れる。

出撃前の機体のチェックでは、何も問題がなかったはずだ。

それなのに、自分の機動騎士の反応が鈍く感じてしまう。

「大事な初陣《ういじん》なのに」

騎士になったばかりの新米騎士にして、新米少尉のパイロット。

エマは周囲の味方に何とか付いていく。

戦場は岩石の天体が多いこの場所だった。大きさは機動騎士よりも大きな全長二十メートルから百メートルの岩石が多く、数キロ単位にポツポツと浮かんでいる。

時に大きな岩石もあるのだが、全長数キロにも及ぶ岩石が一番大きかった。

そこに、小規模な宇宙海賊たちの隠れ家が存在していた。

彼らは岩石をくりぬいて穴を作り、そこに海賊船を隠していた。海賊船を整備できるように、岩石内を基地化していたようだ。整備可能なドックも用意している。

よくもこんな場所に隠れたものだが、それをバンフィールド家は見逃さなかった。

小規模だろうと宇宙海賊は宇宙海賊――バンフィールド家の軍隊が投入された。

バンフィールド家にとっては些細《ささい》な作戦だが、エマにとっては大事な初陣だ。

緊張して心臓の鼓動が速い。

訓練とは違い、これまでにないくらい緊張している。

そのせいか、余計に焦っていた。

「落ち着け、あたし。訓練通りにやるだけよ。やれる。絶対にやれる！」

操縦桿を握りしめ、何とか機体を制御するが、動きに無駄が目立ち始めた。

その動きを後方から監視していた教官の乗るネヴァンが、エマの機体横に接近してくる。

教官【クローディア・ベルトラン】の乗るネヴァンは、他の量産機にはない角が頭部に取り付けられていた。

後頭部から伸びる角は、隊長機の証《あかし》でもある。

パーソナルカラーは白と水色――専用機を与えられているということは、それだけクローディアが騎士として認められている証でもある。

そんなクローディアが、エマに語りかけてくる。

『ロッドマン少尉、機体の動きが乱れている。すぐに立て直せ』

「は、はい！」

慌てて機体の制御を行うが、アシスト機能が作動してもうまく動かせない。

操縦桿を慌てて動かすが、余計に、機体に無駄な動きが増えていく。

教官に見守られながら何とか岩石を避けて敵基地へと接近すると、既《すで》に味方が戦闘を開始していた。

敵——宇宙海賊たちは、隠れ家から古い機動騎士を出撃させていた。

何世代も前の機体を繰り返し修繕して使用しているため、既に原形など残っていないつぎはぎだらけの機体が多い。

そんな彼らが、最新鋭の機動騎士を保有するバンフィールド家の軍隊に、諦めることなく果敢に挑んで来る。

本来であれば、降伏した方が賢い場面だろう。

だが、宇宙海賊たちにその選択肢はない。

何故なら、エマが所属するバンフィールド家は——宇宙海賊に一切の容赦をしないからだ。

それを宇宙海賊たちも知っていた。

バンフィールド家が宇宙海賊を皆殺しにしているのは、有名な話である。

知っているからこそ、宇宙海賊たちの抵抗は激しい。

味方であるネヴァンの一機が、抵抗する敵機動騎士に接近して実体剣をコックピットに突き刺していた。

その光景を見て、エマは血の気が引く。

訓練では何度も敵に止《とど》めを刺してきたが、それらはシミュレーターでの出来事だ。

実際に敵と戦うとなればためらいが生じた。

操縦にエマの心情が表れたのか、教官がその動きを見て叱責する。

『何をしている、ロッドマン少尉。お前に与えられた任務を忘れるな』

酷《ひど》く冷たい声に、エマは青ざめた顔で必死に答える。

「りょ、了解しました」

エマがフットペダルを踏み込もうとすると、宇宙海賊たちの隠れ家となる天体から三機の機動騎士が現れる。

教官機にして、隊長機の特徴を持つクローディアの乗るネヴァンを見つけると三機が他に脇目も振らずに向かってくる。

ただ、その三機は他と違って新品で、性能も他の機体より優れているように見えた。

『ロッドマン少尉は一機相手にしろ。他は私がやる』

「え？」

クローディアのネヴァンが敵に突っ込むと、エマは慌ててライフルを構えた。

アシスト機能で敵を自動でロックオンしてくれるが、敵も気付いたのか動きを変える。

「ご、ごめんなさい」

敵に対して何を謝っているのか？　そんな疑問すら考える暇もなかった。

ジグザグに動いて接近してくる敵機に引き金を引くも、光学兵器の光はあっさりと避けられてしまう。

敵機がサブマシンガンの見た目をした武器を構えると、エマは即座に避けようとする。

だが、機体が思うように動かない。

まるで宇宙空間で溺れるように、もがいてしまう。

「どうして!?」

叫ぶと同時に、ビームの光が数百と降り注いできた。

ネヴァンが左腕に持つシールドを構えて攻撃から機体を守るが、直後に激しい衝撃を受けた。

吹き飛ばされ、岩石にぶつかり、止まると状況を理解する。

エマの乗っていたネヴァンが、敵機に蹴り飛ばされていた。

「早く倒さないと」

体勢を立て直そうとするエマだったが、敵機は接近して所持していた斧《おの》型の武器を取り出し振りかぶる。

機体同士が接触した影響で、通信に相手の声が聞こえてきた。

『バンフィールド家の悪魔共は、一機でも多く道連れだ！』

「ひっ」

悲鳴が漏れると、斧を振り下ろす敵機の姿が見えた。

だが、すぐに敵機が吹き飛ぶ。

「教官!?」

『――ロッドマン少尉、私を失望させるな』

敵機を蹴り飛ばしたクローディアの乗り込むネヴァンは、その手に専用武器と思われる
ビームウィップ――光学兵器の鞭《むち》を握っていた。

柄からビームの光で鞭が作られ、それを振ると器用に敵機の両腕と両足を斬り飛ばしていく。

身動きの取れなくなった敵機の頭部を掴《つか》むクローディアのネヴァンは、エマに接近してくる。

周囲を見れば、クローディアに襲いかかった敵機は二機ともズタズタに破壊されていた。

その様子を見てエマは呟《つぶや》く。

「凄《すご》い」

僅かな間に二機も撃破している実力に、エマは自分との実力差を痛感していた。

(これが本物の騎士)

クローディア・ベルトラン。

バンフィールド家の騎士ランクでは、「AA」とされる上位に位置する女性騎士だ。

一つ上の「AAA」が、バンフィールド家では最高位とされている。

その一つ下という評価だが、ＡＡＡなどバンフィールド家全体でも数人しか存在しない。ＡＡも騎士団全体で数パーセントしか存在しない、一握りの実力者である。

バンフィールド家の私設軍では、クローディアには大佐の階級が与えられている。

以前はクリスティアナ――バンフィールド家の騎士を束ねていた【クリスティアナ・レタ・ローズブレイア】の副官をしていた騎士の一人だった。

何万という騎士たちのトップ。

そのトップの副官を務めていたとなれば、相当の実力者である。

現在はクリスティアナに代わり領内に残り、新米騎士の育成に関わっている。

そんなクローディアが、エマの前に身動きのできない敵機を突き出す。

『ロッドマン少尉、お前の手柄にしてやる。パイロットを殺せ』

クローディアのコックピットからは、敵の声が聞こえていた。

『い、嫌だ。死にたくない。頼むから助けてくれ！　俺はあいつらに雇われただけで、海賊行為はしていない。俺には家族もいるんだ！』

泣き喚《わめ》く野太いパイロットの声に、エマは体が震えていた。

だが、クローディアは冷たい声で選択を迫る。

『気にする必要はない。海賊共に与《くみ》した時点でこいつの罪だ。――さぁ、止めを刺せ』

身動きできずに死を待つだけの敵パイロットが、必死にエマに訴える。

『助けてくれ。二度と宇宙海賊には関わらない。改心する。約束するから！』

大の男が泣き喚いて命乞いをする声を聞き、エマは操縦桿から手を放してしまう。

「で、できません。降伏した相手を殺せません」

『——そうか』

エマの答えを聞いたクローディアは、無表情のまま敵機を手放して——そのままビームウィップの先端でコックピットを貫いた。

抵抗できない相手を一方的に殺すという無慈悲な行動に、エマは驚いてしまう。

「そ、そんな」

驚いて目を見開くエマに、クローディアは興味をなくしたらしい。

『バンフィールド家に役立たずの騎士は必要ない。お前は先に母艦に戻って部屋で待機していろ』

クローディアの乗るネヴァンが背中を見せて飛び去っていくと、まだ戦闘の続く宇宙海賊の隠れ家へと飛び込んでいく。

この瞬間——エマの初陣が終わりを迎えた。

結果は大失敗。

騎士として、エマはスタートで大きくつまずいてしまった。

作戦後、エマはクローディアの執務室に呼び出されていた。

クローディアはバンフィールド家の軍服に身を包み、水色の長い髪を後頭部でまとめている。

長身でスタイルの良いクローディアは、女優と言われても納得する外見をしている。ただ、本人は片腕で猛獣すら倒してしまう力を持つ騎士だ。

そんな彼女が淡々と告げてくるのは、エマの最終評価だった。

「エマ・ロッドマン少尉、五十四歳。騎士学校での成績は機動騎士の操縦以外は平凡。唯一、射撃には高い評価を得ている、か。だが、その射撃も機動騎士に乗ると活《い》かせていないようだな。――これが書類上でのお前の評価だ」

「――はい」

星間国家が存在する世界で、人の寿命は長い。

五十四歳だろうと見た目は十代半ばであり、世間的には成人したばかりの子供扱いを受けている。

この世界では、エマも十分に若く――幼さすら感じさせる。

「だが、最終試験後の評価はDランクだ」

「――っ!?」

エマは自身の評価が高くはないと覚悟していたが、クローディアの口から聞くとやはり驚いてしまう。

騎士の格付けで最底辺はDランクだ。

このランクが与えられるのは、評価に値しないという問題外という意味だ。

騎士として、戦力外通告をされたに等しい評価だった。

騎士学校を出て初陣を経験したエマに、クローディアの出した評価は「無能」だった。

「まともに機動騎士を操縦できず、更には敵に対して止めを刺せなかった。騎士としては無能以外の何物でもない」

エマは俯《うつむ》いて下唇を噛《か》みしめる。

悔しさに涙が出そうになっていると、クローディアが冷めた目を向けていた。

「お前には悔しがる資格すらない。バンフィールド家が、お前にどれだけの予算を割《さ》いて騎士に育成したか教えられているはずだ」

騎士というのは幼い頃から教育された超人だ。

一般人として生まれても、その後に教育カプセルを多用して指導者のもとで訓練を受ければ騎士になれる。

ただ、一般人ではとても払えない費用がかかってしまう。

そのことが通常、一般家庭から騎士が現れない理由でもあり、代々騎士を輩出できるのは同じく騎士の家かお金に余裕がある家だけだ。

クローディアが、バンフィールド家の現状をエマに聞かせる。

「バンフィールド家は現在、騎士不足だ。短期教育の騎士学校を用意したのも、数を用意するためだ。加えて、数年前に起きたバークリー家との大戦のおかげで、騎士は更に貴重な存在だ」

数年前――バンフィールド家は、同じ帝国貴族のバークリー家と大きな戦争を起こした。同じ国内の貴族同士でありながら、相手を潰すまで争う戦争だ。

結果はバンフィールド家の大勝利に終わるも、無傷というわけにはいかなかった。

何十万隻《せき》という艦艇が争った大きな戦争では、多くの兵士と騎士の命が失われている。

これが他家ならばすぐに補充もできたのだろうが――バンフィールド家には、それができなかった。

バンフィールド家は、現当主であるリアムの代で一度騎士団が解体されている。

譜代の騎士など残っておらず、育成が間に合っていなかった。

バンフィールド家が騎士を増やすために騎士学校を設立していたが、それでも現場では騎士不足が続いている。

短期教育で騎士を育成しているが、その期間は約二十年。

騎士を育てるには少しばかり時間が足りないが、人手不足のバンフィールド家には時間をかけている余裕がなかった。

エマが騎士を目指せたのも、バンフィールド家の苦しい事情があったからだ。

クローディアはエマに問う。

「お前は何のために騎士を志した？」

クローディアの急な問い掛けに、エマは戸惑いつつも答える。

「──守るためです」

（あたしが騎士を志した理由は──）

騎士という存在を強く認識した日を思い出す。

あの時、自分たちを守ってくれた存在が誰なのか。

「戦う力のない人たちを守るために、あたしは騎士を目指しました。リアム様みたいな──っ！」

領主の名前を出すエマに対して、クローディアは即座に拳を叩《たた》き込んできた。警告もなければ、振りかぶる動作も見せない一撃は、クローディアの怒りが本物である証拠だろう。

エマは吹き飛ばされて、壁にぶつかりそのまま床に座り込む。

「お前みたいな半端な奴《やつ》が、リアム様を語るな」

先程まで表情の乏しかったクローディアが、今は顔を怒りで赤くしていた。

エマが立ち上がろうとすると、クローディアが背中を向ける。

「──バンフィールド家に無能な騎士は必要ない」

無能と言われたエマは、俯くと悔しさで涙を流す。

◇

初任務が終わり、二週間が過ぎた頃。

バンフィールド家本星ハイドラに戻ってきたエマは、動きやすい恰好《かっこう》でランニングをしていた。

下はジャージ、上はタンクトップという恰好だ。

形の良い胸が僅かに揺れる。

走っているのは自然豊かな広い敷地を持つ公園で、早朝からも散歩やランニング目的の領民たちがやって来ていた。

早朝から女の子が走っているという光景だが、騎士になるため教育を受けたエマの身体能力は常人とは違う。

一般人が整備されたコースを走る中、エマの方はでこぼこした林の中を走っていた。

公園内の林の管理をするための道で、普段はあまり使用されていない。周囲には公園を管理するロボットが動いており、空には数台のドローンが飛んでいた。

エマが加速すると、落ち葉が舞い上がる。

そのまま傾斜の角度がきつくなった場所を駆け抜けると、ちょっとした広場に出た。

「とうちゃ〜く！」

息を切らしながら両手を挙げて叫んだエマは、タオルを取り出して汗を拭《ぬぐ》う。

目的地の広場は高台に位置しており、そこから見えるのはバンフィールド領の首都だった。

遠くに、高層ビルが可愛《かわい》く見えるような壁が見える。その中には、ハイドラの領主である伯爵の住まう屋敷が存在する。

屋敷と言っても規模から言えば都市である。

言ってしまえば、都市機能を保有した屋敷が存在するのだが、それを屋敷と呼んで良いのかエマも疑問だ。

エマはここから見える景色が好きだった。

ただ、今日の表情は優れない。

景色を見ながら呼吸を整えていると、広場にあるベンチに腰掛けた老人が話しかけてくる。

「ここはいいですね。領内が発展しているのを実感できます」

「お、お爺《じい》ちゃん!?」

振り返ったエマは、その老人を見て照れてしまう。叫んだのを聞かれた気恥ずかしさもあるが、気配に気付かない自分も情けなくなる。

一応は騎士である自分が、一般人の気配に気付けなかったのか、と。

慌てて姿勢を正したエマが、お爺ちゃんと呼んだ人物に挨拶をする。

「え、えっと――久しぶり」

照れながら挨拶をするエマに、知り合いの老人が微笑《ほほえ》んでいる。

紳士風の老人は、エマの姿を見ていた。

「あのお転婆な女の子が、随分と立派になりましたね」

老紳士はエマの祖父ではない。

幼い頃から公園に来ては運動をしていたエマは、この時間帯に、よく老人に出会っていた。

相手の名前は知らないが、会えば挨拶をして世間話をする仲になっていた。

この世界ではアンチエイジング技術が広く普及し、今では老人の姿をしている人は少ない。

公園に老人がいるというのは、幼い頃のエマにとって物珍しかった。

そのため、自分から声をかけるようになっていた。

昔からの知り合いに、エマは砕けた口調で話をする。

「お爺ちゃん、あたしももう大人だよ」

「これは失礼しました。そういえば、騎士学校に入学されていましたね。卒業もされたのでは？」

騎士学校の話をされて、エマの表情が曇る。

クローディアに無能呼ばわりされたことを思い出すと、エマは老人の隣に腰を下ろした。

「卒業はできたけど、評価は最悪だったよ。今期のDランクはあたし一人だって言われた」

「Dランク？　成績が悪かったのですか？」

エマを心配してくれる老人は、どうやら騎士のランクについて詳しいらしい。細かい説明をしなくても通じるだろうと判断し、エマは頷《うなず》いて続きを話す。

「射撃は得意だけど、他が駄目なの。中でも一番駄目なのは機動騎士の操縦だね。本当は機動騎士に乗るのが一番好きなのに、あたしは下手くそだから」

俯いて足をぶらつかせるエマは、老人に泣き言を漏らす。

「他のみんなは艦隊やら基地に配属されて、新型の量産機に乗れるみたい。でも、あたしは駄目だったよ。辺境送りで、与えられるのは旧式の機動騎士だって」

「辺境ですか？　それはどこです？」

「お爺ちゃんは聞いても知らないと思うよ。バンフィールド家が手に入れた惑星だよ。入植は可能だけど、長年放置されていたから調査が必要なんだって。確か――【エーリアス】だったかな？」

「エーリアスですか。それはまた遠いですね」

エーリアスを知っている様子の老人に、エマは少しだけ違和感を抱いた。

一般人が知っている情報ではないが、調べることは可能だ。

だが、まさか知っているとは思わなかった。

「お爺ちゃん詳しいね。絶対に知らないと思ったのに」

エマにそう言われると、何か考え込んでいた老人が少しだけ慌てる。

「これでも昔は未知の惑星を調査する調査団に憧れていましたからね」

「そうだったんだ。あれ？　でも、前は役者を目指していたとか言わなかった？」

過去の会話を思い出すエマは、確かに老人が役者を目指していたと聞いたことがある。

老人は照れ笑いをする。

「恥ずかしながら若い頃は色々と手を出しましてね。今の仕事に巡り合うまでは、色んな寄り道をしたものです」

「寄り道かぁ」

「どうしました？」

エマは優しい老人に、自分の気持ちを吐露する。

「――あたしは夢に向かっているのか怪しくなったからね。寄り道と言うよりも、脱線かな？　領主様みたいな正義の味方にはなれないよ」

老人はエマが夢を諦めたような物言いに、少し寂しそうに微笑む。

「エマさんは領主様のような正義の味方を目指していましたね」

ただ、続きを話す老人は、表情を真剣なものに変えた。

「そこで諦めていては、領主様のような正義の味方にはなれませんよ」

「え？」

老人はベンチから立ち上がる。

「あの方はどのような状況でも諦めず、前に進み続けていますからね。他者の評価など気にせず、ただ己の道を——」

そこまで喋《しゃべ》る老人は、エマの視線に気付いたようだ。

「お爺ちゃん、領主様と知り合い？」

知り合いなのか？　そう尋ねると、老人は目に見えて慌て始める。

「ま、まさか。それに、長年この惑星で暮らしていると、統治を通して領主様のお姿が何となく思い浮かんでくるのですよ」

「そういうものなのかな？　あたしは今の領主様のことしか知らないから、姿は思い浮かばないかな。昔は酷《ひど》かった～っていうのはよく聞くけど」

エマの反応に老人は苦笑していた。

「——そうですね。おっと、そろそろ時間です」

仕事へと向かうため、老人が去って行く。

去り際に、老人はエマに言葉を送る。

「きっとエマさんならなれると思いますよ。正義の味方にね」

「私がなれるかな？」

「自分を疑っていては、何事もうまくいきません。信じて突き進むのが、若者の特権ですよ」

「自分を信じる、か。言うのは簡単だけどさ」

「投げ出すのはいつでもできますからね」

「――そうだね。ありがとう、お爺ちゃん。気持ちが楽になったよ。うん、まだ終わったわけじゃないもんね！」

エマはそう言うと、破顔して老人に大きく手を振る。

老人の姿が見えなくなると、エマは両手で頬を叩いて気合いを入れた。

「そうだ。この程度で諦めるもんか。あたしは正義の騎士になるんだ！」

◇

バンフィールド家の屋敷は広大だ。

都市一つを屋敷内に内包しており、屋敷という呼び名が怪しくなっている。

そんな屋敷の中にある一室。

そこには、バンフィールド家の騎士団を統括する人物がいた。

クリスティアナ・レタ・ローズブレイア――バンフィールド家の騎士団では筆頭の立場だったが、とある理由から領主の怒りに触れて今は罷免《ひめん》されている。

しかし、代わりがいないため、今も騎士団のまとめ役を行っていた。

そんな彼女が呼び出したのは、自分の副官にして信頼している女性騎士のクローディアだった。

休め、の姿勢で目の前に立つクローディアに、クリスティアナは目を細めている。

「私が離れている間、よくまとめてくれたみたいね」

「はっ、光栄であります」

「だけど、新米共の育成に関しては問題よ。クローディア、あなたは厳しすぎるのよ」

厳しすぎると判断されたクローディアだが、その表情は無反応だった。

むしろ、自分を責めるクリスティアナに反論する。

「実戦を経験していない騎士など役に立ちません」

「正論だわ。だけど、新米共はもっと大事に扱いなさい。騎士学校を出たばかりのヒナたちを、即実戦投入なんてやり過ぎよ。――それに、評価も厳しすぎるわ」

クリスティアナは、クローディアの仕事ぶりを電子書類で確認したのだろう。

クローディアの評価方法に疑問を持っているようだ。

「味方の足を引っ張る無能は必要ありませんよ」

酷く冷たい微笑を浮かべる副官の言葉に、クリスティアナは内心で同情する。

クローディアという女性騎士は、かつて無能な味方の裏切りにより宇宙海賊たちに捕らえられた過去を持っている。

クローディアは捕らえられる前から、自分にも他者にも厳しい人間だった。

裏切られたことで、他者に対して更に厳しくなっている。

彼女にとっての味方とは、同じ経験――宇宙海賊たちに捕らわれた過去を持つ有能な騎士たちだけ。

それ以外は駒としか考えていない。

事情は知っていても、クリスティアナは上司として叱責しなければならない。

「私は選別しろと命令していないわ。使える騎士を用意しろと命令したのよ」

微笑みながら目の前の部下を威圧する。

クローディアも上司との実力差を認識しており、微笑を消し去ると無表情になる。

ただ、返事には苦々しい思いが滲《にじ》み出る。

「失礼いたしました。以後、気を付けます」

「その必要はないわ。あなたをいつまでも教官職に置いていられるほど、バンフィールド家は暇ではないの」

そう言うと、クリスティアナはクローディアの前に資料を投影する。

クローディアが目を細めた。

「――これは？」

クリスティアナが投影した資料に映し出されているのは、宇宙海賊たちが使用する兵器についてだった。

「宇宙海賊共に武器を提供する者たちがいる」

「武器商人では？」

金さえ出せば、宇宙海賊だろうと兵器を売る商人は少なくない。

ただ、クリスティアナは違う資料に目を向ける。

「新たに手に入れた惑星の中に、海賊共の兵器工場があるという情報が手に入ったのよ。詳細な位置は特定できていないけど、確実にあるわね」

クローディアは不快感からか、眉をひそめた。

宇宙海賊や、それに繋《つな》がる存在を許せないのだろう。

クリスティアナは、クローディアに命令する。

「クローディア、余所《よそ》が騒ぎ出す前に確実に兵器工場を潰しなさい」

「はっ」

第二話 ▼ 辺境治安維持部隊

惑星ハイドラにある軍港。

そこにはこれから旅立つ若者たちが、家族や級友たちとの別れを惜しんでいた。

軍学校を卒業した新米たちが、配属先へと向かうシャトルに乗り込む。

それを家族が手を振って見送っていた。

地上から宇宙へと向かい、そこで彼らを受け入れる宇宙戦艦が待機している。

中には惑星に降下してきた宇宙戦艦に、直接乗り込む者たちもいた。

それぞれの配属先に旅立つ若者たち。

そんな様子を待合室で眺めていたエマは、窓に額を押しつけて深いため息を吐《つ》く。

配属先へと向かうために、騎士用の礼服を着用して出発時間を待っている。

騎士用の待合室にはカウンターが用意され、飲み物や軽食なら無料で用意されていた。

ウェイターやウェイトレスが、騎士に声をかけ注文を取っている。

待合室には騎士学校を卒業したばかりの新米騎士たちが多く、美男美女に笑顔を向けられ浮かれている若者たちも多い。

騎士——帝国では特権を与えられる存在であり、こうした軍での特別待遇も特権の一つとなっていた。

そんな浮かれる同期たちから距離を取り、エマは落ち込んでいる。

エマの近くには、そんな様子を見て笑っている同期の騎士【カルア・ベックリー】が立っていた。

同じように礼服に身を包んでいるが、エマよりも大人の雰囲気を出している女性騎士だ。

「みんな浮かれているわね。まぁ、騎士学校じゃあ教官たちに鍛えられて、遊んでいる暇もなかったから当然かしら？」

「そうだね」

「でも、騎士になればこれから嫌でも異性が寄ってくるわね。エマ、あんたも選《よ》り取《ど》り見《み》取《ど》りよ」

「そうだね」

気のない返事をする友人が気になったカルアは、小さくため息を吐くと慰める。

「落ち込むのも理解できるけどさ。騎士になれただけでも勝ち組だよ。あんたはもっと胸を張った方がいいよ。せっかく騎士になれたのに、そんな顔をしていたら駄目だよ」

「わかってはいるけどさ」

騎士になる——それはこの世界で成功の象徴でもある。

エマもカルアも家が特別裕福ではなく、本来なら騎士になれなかった。

バンフィールド家が騎士を求めていたため、運良く騎士になれたに過ぎない。

二人が話をしていると、同期の男性騎士がやって来る。

彼の名前は【ラッセル・ボナー】。

代々バンフィールド家で官僚をしていた一族出身の青年だ。

バンフィールド家では珍しい名門出の若者、という印象だった。

「騎士を名乗るには実力不足だから、それを理解してわきまえている君は正しいよ」

笑顔で近付いてきたラッセルに、カルアは露骨に顔をしかめる。

面倒な相手が来た、という態度を隠さなかった。

実際、ラッセルという男は面倒な奴《やつ》だ。

「随分と上から目線なのね」

ラッセルという騎士は、その他の騎士よりも装飾が多い特注の礼服を着用していた。

彼個人が用意した物ではなく、成績上位者に許される礼服だった。

礼服を誇らしげに着用するラッセルは、自分以外の騎士たちを見下した態度を取っていた。

「当然だ。卒業時に成績上位百名に入った私は、君たちとは違ってエリートだからね」

上位者百名は、卒業と同時に中尉階級が与えられる。

騎士としては他と同じCランクであるのだが、その扱いは別格だった。

卒業時に優秀な成績だった彼らは、バンフィールド家内でエリートコースを歩める存在である。

カルアが肩をすくめると、ラッセルから顔を背ける。

「エリート騎士様が何の用よ？」

ラッセルはカルアではなく、エマを見て意地の悪い笑みを浮かべる。

「もう出会うこともないだろうからね。最後の挨拶だよ。君たちがこれから配属される先は、よくて本星付近だろう？　私のような選ばれた存在は、領主様と一緒に首都星に向かうからね」

領主様という言葉を聞いて、エマが驚いて目をむく。

新米騎士が、いきなり領主様と一緒に首都星――アルグランド帝国の本星に向かえるなど、誰も想像していなかった。

「首都星に配属されるの？」

「当然だ。領主様は現在修行中の身だろ？　おそばで守るのが選ばれた騎士の務めだよ」

バンフィールド家の領主は年若く、現在はアルグランド帝国の一人前の貴族になるべく修行中である。

そのために首都星でしばらく過ごすのだが、その護衛に選ばれたラッセルは間違いなく優秀なのだろう。

エマは羨ましくなるが、同時に自分の状況を比べて俯《うつむ》く。

自分の配属先を自慢したかったラッセルが、そんなエマに意地の悪い問いかけをする。

「ところで、エマ君」

「な、何？」

「君の配属先を聞かせてくれないか？　出来損ないのDランク騎士が、どのような辺境に配属されるのか気になっていてね」

出来損ないのDランク騎士、という部分を強調したために待合室にいた騎士たちの視線がエマに集中する。

その多くは侮蔑的で、中には憐《あわ》れんでいる騎士もいた。

周囲の視線が、エマには辛《つら》かった。

カルアがエマに耳打ちする。

「相手にしないの。あんただって立派な騎士だよ」

カルアの小声が聞こえたラッセルは、鼻で笑う。

「いいや、Dランクは騎士じゃない。Dランクというのは、出来損ないの証《あかし》だよ。バンフィールド家の騎士団には不要な存在だ」

不要と言われたエマは、下唇を嚙《か》みしめた。

ラッセルは出発時間が迫っているとアナウンスで聞かされ、二人に背中を見せると去って行く。

「時間のようだ。それでは私はこれで失礼するよ。最後に一つだけ」

顔だけ振り返ったラッセルが、エマに冷たく言い放つ。

「身を退《ひ》くのも立派な勇気だ。仲間の足を引っ張る前に、さっさと騎士の資格を返上した方がいい」

ラッセルはそれだけ言うと待合室を出て行く。

無礼な態度が目立つラッセルだったが、騎士としては同期の中でも上位の実力者だった。

カルアがエマの肩に手を置く。

「忘れていいわよ。あいつはただ、あんたを見下したいだけなんだから」

「そ、そうだね」

無理矢理笑顔を作るが、エマはラッセルの言葉に打ちのめされていた。

◇

エマが乗ったシャトルには、同じ宇宙戦艦に配属される軍人たちも乗っていた。

ただ、どうにもおかしい。

(どう見てもだらしない人たちばかりなんですけどぉぉぉ！)

自分の荷物を抱きしめ、身を縮めて姿勢良く席に座っているエマは冷や汗をかく。

周囲にいる軍人たちだが、軍服は着崩していた。

外見にも気を遣わず、無精髭《ひげ》で酒を飲んで眠っている軍人もいる。

(うちの軍隊は規律に厳しいって騎士学校で言っていたのに、現実は違うのかな？)

強面《こわもて》の軍人たちに囲まれるエマが、到着はまだかと思っているとシャトルが大型艦に近付いていく。

窓際の席に座っていたエマは、その艦を見て頬を引きつらせた。

（うわぁ）

シンプルな一枚岩のモノリスを思わせる構造をした艦は、分類上は宇宙空母になる。

ただ、随分と古い艦だ。

何しろ二世代は前の代物で、旧バンフィールド家の私設軍が使用していた空母である。

雑な修理跡が目立っていた旧式艦が、エマの配属先だった。

◇

「エマ・ロッドマン少尉、着任いたしました！」

緊張しながら敬礼するエマの前には、執務室にある机で電子書類を処理している司令官がいた。

エマには目も向けず、面倒くさそうに書類を処理している。

返事を待つエマがしばらく待っていると、小さくため息を吐いて司令官【ティム・ベイカー】大佐が背もたれに体を預け、面倒そうに返事をする。

「ようこそ、少尉。まさか騎士が配属されるとは夢にも思わなかったよ」

「え、えっと」

戸惑うエマに、ティム大佐は投げやりな問いかけをする。

「今は騎士不足でどこも取り合いだ。そんな中、いわば左遷先である我が艦【メレア】へ配属されるなんて、少尉は何をやらかしたのかな？」

「――最終試験でDランク評価を受けました」

正直に答えると、司令官は椅子から立ち上がって背伸びをする。

「そういうことか。納得したよ」

「え？」

責められると思っていたのだが、ティム大佐は気にしていなかった。

いや、そもそも最初からエマに期待などしていないようだ。

「我々は護衛艦の到着を待って、惑星エーリアスの調査と治安維持に向かう。少し前まで他領だった場所だ」

旧バークリー家の惑星だったエーリアスは、最近になってバンフィールド家が手に入れた惑星の一つだ。

その調査と治安維持のために派遣される。

「ただし、入植者はゼロ。現地には知的生命体は存在せず、手つかずの惑星だ」

「え、えっと」

エマが困っていると、ティム大佐が端的に述べる。

「つまり、維持する治安も何もないわけだ。手に入れたからには、一応は艦隊を派遣するという上の判断だろう」

上層部に対して思うところがあるティム大佐は、新米のエマに軍人らしからぬ命令を出す。

「そういうわけで、君にはメレアの機動騎士大隊で小隊長に就いてもらう。だが、仕事もないから期待しようがない」

それはつまり、手柄を立てられないという意味だ。

（う、嘘《うそ》でしょうぉぉぉ！）

活躍の機会すら与えられない空母メレアに配属されたエマは、いきなり絶望するのだった。

◇

メレアの格納庫。

機動騎士のパーツなどがその辺に置かれ、雑然とした場所になっていた。

そんな場所で自分が率いる小隊の機体がある格納庫に来たのだが、エマを待っていたのは更に辛い現実だった。

茶色い短髪だが、もみあげが髭と繋《つな》がる中年男性が豪快に笑って出迎える。

騎士ではない。

機動騎士乗りと呼ばれるパイロットである彼【ダグ・ウォルッシュ】准尉は、エマの率いる小隊のパイロットだ。

「随分と可愛《かわい》い少尉さんが来たな」

鍛えられた体の持ち主で、ただの強面よりはフレンドリーで好感が持てる。

しかし、騎士であり少尉のエマに可愛い少尉さんとは無礼だった。

「ダグさん失礼すぎない？　うちは【モリー・バレル】一等兵よ。小隊付きの整備士ね。でも良かったよ～。怖い人だったらどうしようかと思ったわ」

赤髪をツインテールにした同年代らしき少女のモリーは、機動騎士の整備士だった。

軍隊で教育を受けたかも怪しい接し方に、エマの頬が引きつる。

というよりも、その恰好《かっこう》が問題だ。

作業着姿なのだが、上着は着用していない。

胸を隠すために布を巻いているだけで、肌の露出が多い恰好をしている。

その恰好や態度に、エマも困惑するしかなかった。

「よ、よろしくお願いします」

「少尉さんかた～い」

ケラケラ笑うモリーが、最後の一人に視線を向けた。

「あとはクレーマー准尉――ラリーだけだよ。さっさと挨拶しちゃってよ」

モリーに急《せ》かされたのは、小隊長が着任したのに部品を入れた箱に座って携帯ゲーム機をプレイする若い男だった。

コントローラーを持ち、眼鏡タイプのモニターでゲームを楽しんでいる男が不機嫌そうにゲームを中断する。

「【ラリー・クレーマー】准尉。別によろしくしなくてもいいよ。どうせ、すぐにお別れするんだし」

不吉なことを言い出すラリー准尉に、エマが訂正を求める。

「いきなり不吉なことを言わないでください！　あたしは絶対に死にませんし、部下も死なせるつもりはありません！」

甘い台詞《せりふ》を口にするエマを、ラリーが珍獣でも見るような目で見ていた。

エマを勘違いさせたことに気付いたラリーが、小さくため息を吐《つ》く。

「あ～、ごめん。勘違いさせたみたいだね。死に別れるって意味じゃないよ。どうせすぐにこの部隊は解体されるか、意味もない辺境に送られるって意味さ」

「え？　で、でも、何が起こるかわからないのが宇宙ですし」

「辺境に何があるのさ？　僕たちには訓練以外に出撃する機会なんて巡ってこないよ。それに、僕はあと数年もすれば除隊可能だしさ」

そう言ってゲームを再開するラリーを見て、ダグが頭をかく。

「最近の若い奴《やつ》らはやる気がなくていけないね。――まぁ、こんな部隊だがよろしく頼むぜ、お嬢ちゃん」

「少尉です！　あたしはこれでもれっきとした騎士ですよ！」

騎士であることを告げると、ラリーがゲームを中断してエマを睨《にら》む。

値踏みするように眺めた後に、ラリーは落胆したようにため息を吐いた。

「その割には貫禄《かんろく》がないよね。まぁ、こんな旧式艦に配属されるくらいだし、騎士としての能力は疑わしいよね」

そんな態度にモリーが頬を膨らませている。

「ラリーってばエマちゃんに酷《ひど》すぎない？」

だが、モリーのエマちゃん呼びも酷すぎる。

ダグが何とも言えない顔をしながら、エマを見て肩をすくめて言う。

「そういうわけで、肩の力を抜いていいぞ」

エマは呆然《ぼうぜん》と立ち尽くす。

（こ、これがあたしの率いる小隊のメンバー？　ちょっと、これからどうすればいいの!?）

第三話 ▼ 傑作機モーヘイブ

空母メレアのトレーニングルーム。

部屋自体の重力を増やしてトレーニングしているのは、スポーツウェアに着替えたエマだった。

各種トレーニング機器が揃《そろ》っているのだが、どれも随分と古い物ばかりだ。

中には故障して動かない物もある。

修理すらしないのか、それとも壊れていることに気付いてすらいないのか？

先行きの不安を感じながらも、エマはトレーニングを行っていた。

使用しているのはエマ一人だけ。

他のクルーたちも本来であればトレーニングに使用しているはずなのだが、その姿はどこにも見えない。

「はぁ、はぁ――お、終わった」

トレーニングを終えて呼吸が乱れる中、艦内時間を示す時計を見る。

既にトレーニングの時間が終わりを迎えようとしていた。

「誰も来ないよぉぉぉ!!」

エマは頭を抱えて絶叫した。

本来であればトレーニング時間であるはずの軍人たちもいるはずだが、メレア艦内の規律が緩んでいるため規則が守られていなかった。

広いトレーニングルームで、エマが呼吸を整えながら汗を拭う。

普通では考えられないメレア艦内の状況に、エマは不審がる。

「何でこんなに酷いのかな？」

現在のバンフィールド家——伯爵家の私設軍は、領主が代替わりをした際に改革が行われた。

張り子の虎から使える軍隊へ。

苛烈な領主へと代替わりしたことで、エマも軍隊はより厳しくなっていると聞いていた。

それなのに、現実との違いに混乱するばかりだ。

「はぁ」

大きなため息を吐くと、トレーニングも終了したのでシャワー室へと向かう。

◇

メレアの格納庫。

「皆さん、あたしは怒っています！」

ダグ、ラリー、モリーを並ばせたエマは、決められたトレーニングを消化しない三人に対して毅然《きぜん》とした態度を見せていた。

しかし、ここ最近打ちのめされる出来事が多く、どこか自信がない。

そんなエマの態度を三人は見抜いていたのだろう。

それぞれが面倒そうにしている。

モリーが友達と話をするような感覚で、エマに笑いかけてくる。

「エマちゃん真面目すぎ。そもそも、この艦で真面目にトレーニングをしている人なんていないよ」

「それが駄目なんです！」

小隊長としての責務を果たそうとするエマに、ダグは困ったような顔をして笑っていた。

「やる気のあるお嬢ちゃんだ」

「お嬢ちゃんじゃなくて、隊長と呼んでください！　あたしは皆さんの隊長ですから！

というか、ダグさんからお酒の臭いがするんですけど？」

エマが睨み付けると、ダグは苦笑していた。

「あ～、昨日の酒が残っているのかな？」

「もうお昼ですよ！　毎日のようにお酒の臭いをさせて、ちゃんと働けるんですか!?」

酒の臭いをさせるダグを叱っていると、モリーが笑っていた。

「ダグさんはいつもこんな感じだよ。ポケットにお酒を隠し持っているし」

秘密をばらされたダグは、勘弁してくれという顔をしていた。

「これくらい許してくれよ。何もない軍隊生活で、唯一の楽しみだぞ」

エマは顔を赤くして、今度はモリーにも注意をする。

「お酒の件は後回しにして、次はモリーです！　どうして時間を守らないんですか？　訓練には参加するように言いましたよね？」

トレーニング時間に顔を出さなかったことを責めると、モリーは笑っていた。

「いつの間にか時間が過ぎていたからね。というか、トレーニング時間とかあるんだね」

ヘラヘラ笑ってトレーニングの予定すら忘れていたモリーに、エマは愕然《がくぜん》としてしまう。

そうして、最後にラリーを見る。

ラリーは携帯ゲーム機を取り出し、エマの説教を無視していた。

その態度にエマは我慢の限界を迎えてしまう。

「こんな時までゲームをしないで下さい！」

声を張り上げるエマに苛立《いらだ》ったのか、ラリーは顔を上げると眉根を寄せていた。

エマに対して遠慮のない態度で。

「迷惑なんだよ」

「め、迷惑!?　そ、それはおかしいですよ。あたしたちは軍人で、これは任務――」

「それが迷惑だって言っているんだ」

正論を述べるエマに向かって、ラリーはポケットに手を入れると許可も得ずに勝手に去って行く。

ラリーの背中を見ながら、エマは口をパクパクさせた。

「いや、あの——ここ軍隊」

本来であれば規律に厳しいはずの軍隊で、ラリーのような行動は問題だ。

これが元教官のクローディアならば、徹底的に修正しただろう。

そして、今はエマの役目でもある。

小隊長として部下を率いるために、厳しくあらねばならないと教えられている。

手を握りしめて拳を作るエマに、ダグが話しかけてくる。

「ちょっといいか、お嬢ちゃん」

「お嬢ちゃんじゃありません！　あたしは——」

「なら隊長殿。自分に付き合って頂けますか？」

強面《こわもて》の男に睨まれて、エマは一瞬たじろぐが背筋を伸ばす。

二人の様子を見ていたモリーは、肩をすくめると仕事に戻っていく。

「それならうちは整備に戻るよ」

去って行くモリーの背中を見るエマは、問題児ばかりの小隊に先行きの不安を感じていた。

（あたしの小隊は問題児ばかりだ。——それは、あたしも同じかな）

まともに機動騎士を操縦できない自分も、他から見ればきっと問題児だろうと気付いて落ち込んでしまう。

◇

ダグに連れられてやって来たのは、エマ率いる機動騎士小隊の機体が並ぶ格納庫だった。

整備用のパワードスーツを着用したモリーが、機体の足下で整備をしている姿をエマとダグが並んで見ていた。

エマは機体を見上げる。

シンプルな造形の機動騎士は、ヘルメットをかぶったようなデザインをしている。

装飾などほとんどない。

隊長機にはバイザーのような装飾が付き、特別感が出されていた。

そんな機体の前で、ダグは饒舌《じょうぜつ》に語り始める。

「こいつの機体名を知っているか？」

エマは馬鹿にされたと思って、ムッとした表情で素っ気なく答える。

「【モーヘイブ】ですよね？　それくらい知っています」

騎士学校で必要な知識は叩《たた》き込まれている。

この程度も知らないと思われたのかと、エマは腹立たしかった。

だが、ダグは真剣な眼差《まなざ》しをモーヘイブに向けており、馬鹿にしている雰囲気はない。

「正式にはモーヘイブ二型だ。今だと四型が主流になっているのに、こいつは二世代も前

の機体になる」

「え？　二型？」

言われて細部を確認すると、エマが持っている知識と違いが多かった。

ダグは説明を続ける。

「こいつの初期型が登場した時は酷かったそうだ。当時主流の量産機を相手に、二対一でようやく勝てる性能しか持っていなかったからな」

「え？　でも、今は帝国中で使われていますよね？」

モーヘイブという機動騎士は、現在では帝国軍でもよく使用されていた。

貴族たちの私設軍では、正式に配備されている場合も多い。

性能面では優れているとは言い難いが、それでも広く普及はしている。

「当時の量産機一機分の値段で、こいつの初期型は三機製造できたのさ。オマケに、生産性と整備性が圧倒的に優れていたからな。維持費が安いって、お貴族様たちが買い漁《あさ》った。おかげでこいつは、帝国の傑作機なんて呼ばれているわけだ」

性能が悪くても、大量に用意できて維持費も安いため帝国中で使用されるようになった機体だ。

その旧式機が、どうしてメレアで使用されているのか？

エマが疑問に思い質問しようとすると、その前にダグが答える。

「——俺たちと同じだよ」

「あたしたちと同じ？」

「使い潰せる安い消耗品って意味だ」

これまで笑顔の多かったダグが、この時ばかりは真剣な表情をエマに向けてくる。

ただ、ダグの話にエマは納得できなかった。

「消耗品なんかじゃありませんよ！　だって――」

「違うとでも？　お嬢ちゃんは本当に何も見えていないな」

露骨に嫌そうな顔をするダグは、過去を思い出したのか苦々しい表情になる。

「俺は先々代の頃からバンフィールド家の軍にいた」

「先々代の頃から？　え、でも旧バンフィールド家の私設軍は解体されたって」

現当主が代替わりをしてすぐに、旧バンフィールド家の私設軍は大規模な改革が行われた。

その際、主流となったのは帝国から受け入れた正規軍の軍人たちだ。

後に旧私設軍の将官は排除され、実質的に総入れ替えが行われた。

ダグはポケットに手を入れ、当時の話を――当事者たちから見た話をエマに聞かせる。

「改革前は本当に酷《ひど》かった。支給されるのは海賊にも負ける旧式の兵器ばかりだ。それでも戦えと言われて、何度も戦場に送り込まれた。夢や希望を持って入隊した奴《やつ》らが、半年もすれば半数になった。十年もすれば八割が戦死した。生き残った連中も無気力になっちまう」

「だ、だから、領主様が改革をして――」

「そうだな。それが正しい判断だ。だけどな、あんな中でも俺たちはやれるだけやっていたんだよ！」

ダグの怒鳴り声を聞いて、モリーが驚いて顔を向けてくる。

だが、ダグとエマの様子を見て、自分が関わる必要はないと思ったのだろう。

すぐに作業に戻ってしまった。

鬼気迫るダグは、貴族に対して激しい怒りを滲《にじ》ませている。

「貴族の阿呆《あほう》共のためじゃない。領民のために命がけで戦ってきた。そうしないと苦しむのは領民だったからだ。俺たちは一度も、貴族のために戦わなかった。そしたら今度は、代替わりした領主が俺たちを切り捨てやがった」

黙って聞いていたエマだったが、現当主――領主の話になると口を出す。

「そんなことありませんよ！」

しかし、ダグはエマの話を聞き入れない。

「あるさ。それがこの部隊だ。不要な奴らを押し込めるこのメレアが、何よりの証拠だ。今の領主は、俺たちをこんなところに押し込めた」

「そ、それは」

ダグの額に血管が浮き、随分と興奮していた。

苦々しい気持ちをエマに吐露する。

「――領民たちは大歓迎だろうさ。だらしなかった軍が再編された。これからは海賊に怯《おび》えなくてすむってな」

必死に戦ったダグのような軍人たちにしてみれば、守ってきた領民たちにも裏切られた気持ちだったのだろう。

エマは反論しようとして――何を言っても、ダグには届かないだろうと諦める。

「うちの司令官に会っただろう？　あの人も昔は血気盛んで、領民のためにと命がけで戦ってきた人だ。それなのに、新しい領主様は俺たちを簡単に切り捨てた。こいつと同じように使い捨てにしたわけだ」

ダグが親指で指し示すモーヘイブは、破損したパーツは修理不可能となればすぐに交換できる機能を所持していた。

使えないから切り捨てる機構を、自分たちと同じだとダグはエマに教えたかったのだろう。

「旧私設軍は信用ならない。今の主流派はそう言って俺たちを辺境送りにした。いっそ死んでくれればありがたいとでも思っているんだろうな。艦も機体も全て世代後れで揃《そろ》えていやがる」

「そ、それは他にも色々と問題が」

戦力をどこに集中するか？　装備に関しては財政面の問題もある。

旧式だろうと使わなければ回らない状況が発生している。

色々と理由は思い浮かぶが、ダグはバンフィールド家を――現当主を恨んでいて、聞く耳を持たない。

「理由なんてどうでもいい。だが、俺たちが捨てられた存在なのは事実だ。おまけに、長年の軍隊生活で、他に行き場もない連中ばかりの集まりだ。お嬢ちゃん、モリーがこの艦に配属された理由を知っているか？」

「い、いえ」

チラリと働いている姿のモリーを見るが、普段の態度と違って真面目に整備をしていた。

「あいつは孤児院育ちだ。軍に入隊したのも生きていくための技術や資格を得るためで、軍人になりたかったわけじゃない」

生きるために志願者を募集する軍隊に入り、技能を得て一般社会に戻る。

そうした領民は珍しくない。

本来は高額な料金がかかる資格の取得も、軍に入れば無料で手に入る。

代わりに待っているのは、数十年の軍隊生活だ。

「モリーはあんな性格だが、整備の腕は一人前だ。あいつは整備に関しては一切手を抜かない。けどな、時間を忘れてのめり込んでしまう。それが上官連中の怒りに触れて、こんな場所に放り込まれちまった」

「そう、だったんですか」

モリーに視線を向けると、モーヘイブの調整を行っていた。汗だくになりながらも、どこか嬉《うれ》しそうに整備をしている。

ダグはラリーについても話をする。

「ラリーも同じだ。あいつ、元々は騎士になりたかったんだよ」

「ラリーさんが？」

意外な話を聞いて驚いていると、ダグはラリーの事情を話してくれる。

「騎士になるには子供の頃から教育カプセルを多用する必要がある。あいつは、ギリギリ間に合わなかったのさ。だから、お嬢ちゃんを見ていると羨ましいんだろうな。こっちに送られてきた頃は、お嬢ちゃんみたいな奴だったんだぜ」

やる気のないラリーが、以前は自分と同じだったと聞かされてエマは困惑する。

「ラリー准尉が真面目だったなんて、想像できません」

「だろうな。だが、そんな奴でもここにいれば腐っていくのさ」

自分が配属された部隊に、想像以上に根深い問題があると知ったエマはこれからを不安に思う。

ダグがエマの横を通り過ぎて、この場を離れる際に一言だけ呟《つぶや》いた。

「もう俺たちは心が折れたのさ。悪いが、軍隊ごっこに巻き込まないでくれ」

軍隊ごっこ。

軍隊らしくないメレアの軍人たちの事情を知り、エマは自分がどうするべきか考える。

だが、答えが出ない。

自分に何ができる？　何をすればいい？

心が折れてしまったこの部隊に、何をすれば彼らは再び立ち上がれる？

涙目になったエマは、天井を見上げた。

「あたし、本当に何もできない駄目な騎士だ」

折れてしまった軍人たちの心を癒やすことは簡単ではなく、そしてエマにはそれだけの力もない。

エマは涙を拭う。

そして、気合いを入れた。

「――だけど、こんなところで終われないの！　何もできなくても、それでもあたしは！」

決意するエマだったが、整備が一段落したモリーが近付いてくる。

「気合いを入れるのはいいけどさ。エマちゃん、これから何をするつもり？」

仕事から解放されたモリーに、先程の姿を見られてエマは照れてしまう。

視線をさまよわせながら、モリーに語る内容は。

「と、とりあえずトレーニング？　鍛えて強くなりたいな～って」

えへへへ、と笑って誤魔化すエマを見たモリーが唖然《あぜん》としている。

「エマちゃん、実は脳筋？」

考えるよりも体を動かす方が好きなエマは、モリーの言う通り脳筋なのかも知れない。

ただ、本人は知的な騎士が好みである。

憧れている人物は、強さだけではなく知性も兼ね備えている。

そんな彼を目標とするエマは、やはり知勇兼備の騎士を目指していた。

しかし、考えるのは苦手であるため、モリーに言い返せない。

「そ、それは今後の課題というか、あたしだって脳筋だと思うけどさ」

いじけるエマ――自然とタメ口になっている――を見て、モリーが笑う。

「エマちゃんは面白いね。何だか騎士らしくないよ」

「そ、そうかな？　やっぱり頼りない？」

騎士らしくないと言われて、残念そうにするエマにモリーが慰めてくる。

「ここに来る前、うちは他の部隊で騎士を見てきたからね。ほら、うちってこんな性格でしょ？　だから、どこに行っても怒られるんだよね。もっと真面目にしろ！ってさ」

肩をすくめるモリーは、笑顔だが少し悲しげにも見えた。

メレアに配属になるまで、色々とあったのだろう。

だが、詳しい話はするつもりがないらしい。

モリーは背伸びをすると、パーツが積み重なったコンテナの方へと歩いて行く。

そんなモリーを見て、エマは首をかしげた。

「まだ仕事をするの？」

もう整備は終わっているはずだが、モリーはパーツの山を前に道具を持っていく。

パーツの山から気になる部品を取り出すと、それを眺め始める。

「あぁ、これ？　これは仕事じゃなくて趣味だよ」

「趣味？」

「ほら、バンフィールド家って宇宙ゴミとか徹底的にかき集めるでしょ？」

「う、うん。うちはその辺り、凄《すご》く厳しいって聞いているね」

「その時に拾い集めたお宝だよ」

宇宙には様々な理由で宇宙ゴミ——デブリが発生する。

それらを放置するのは危険であるため、基本的にデブリは回収するのがルールである。

だが、そんなルールを律儀に守っている帝国貴族は少ない。

バンフィールド家は例外で、デブリを徹底的に集めるよう命令が出されている。

メレアは何度もゴミ拾いに駆り出されており、その度にモリーが使えそうなパーツをお宝と称して集めているようだ。

格納庫の一部を勝手に占拠したモリーは、そこに様々な機動騎士のパーツや武器を並べていた。

本来であれば問題だが、今のメレアはモリーの行動を注意するつもりがないらしい。

そこだけを見ても、士気の低さが表れている。

ただ——モリーが集めているパーツや武器類に、エマは見惚《みと》れていた。

「これ、正規のパーツじゃなかったの？」

壁に掛けられたパーツや武器類は、整備が行われていつでも使えるようにされている。

デブリの中から拾い集められたそれらは、モリーの手によって整備されていた。

モリーが鼻の下を指でこする。

「結構頑張ったんだよね。お気に入りは、この子！」

モリーが自慢するのは、杭《くい》を筒が包み込んでいる武器だった。

自分が知らない武器を前に、エマは首をかしげる。

「これ、どうやって使うの？」

モリーは杭に手を触れると、嬉しそうにエマに説明する。

「敵に近付いて、杭を発射して撃ち込むの！　滅多に見られないお宝でさ、名前はパイルバンカーだよ」

パイルバンカーと聞いて、エマは騎士学校で叩《たた》き込まれた知識の中に該当する武器があることを思いだした。

それは敵に接近して杭を撃ち込むのだが、その際に火薬を使用して敵に激しい衝撃も与える。

ただし、使う際はパイロットに高い技量が求められる。

パイルを撃ち込める距離に近付かなければならない。

それに、モリーが整備したパイルバンカーは、一度しか使えないタイプだった。

「た、確かに珍しいけど、こんな珍しい武器をよく見つけたね」

「見つけた時は興奮したよ～」

嬉しそうなモリーを見ていると、すぐに止《や》めるように言えなかった。

ただ、エマはモリーの整備士としての技量に感心する。

(使ってみないとわからないけど、これを全部整備したなら——モリーは整備士として結構な腕じゃないかな？)

パーツも武器も様々な物が集められており、それらを一人で整備したとなれば相当な技量である。

エマが飾られたパーツや武器を眺めていると、モリーが頭をかいて視線を逸《そ》らしていた。

「やっぱり、駄目？　最近、ダグさんにも場所を取り過ぎるって怒られたんだよね。ラリーもいい顔をしないし」

どうやら、周囲に文句を言われているようだ。

エマも立場的に止めるよう言わなければならない。

だが。

「確かに勝手に場所を使うのは駄目だけど、許可をもらえれば可能じゃないかな？　一応、あたしの方でティム司令に報告しておこうか？」

そう言うと、モリーは一瞬驚いた顔をするが、すぐに笑顔になるとエマに抱きついた。

「エマちゃんありがとう！」

「え？　う、うん？」

抱きつかれて好意を示されたエマは、何故《なぜ》か嬉しくて泣きそうになっていた。

メレアに来て、初めて歓迎されたような気がしたから。

モリーはエマから離れると、今度は先程まで扱っていたモーヘイブに視線を向ける。

どうやら、隊長機――エマの機動騎士だった。

「よし！　それなら、うちも頑張ってエマちゃんの機体を仕上げますか」

「これ、あたしの機動騎士だったんだ」

頭部のデザインが違うだけのモーヘイブを見上げると、モリーが嬉しそうに話す。

「機動騎士って騎士と普通のパイロットだと調整が違うのよ。騎士用の調整なんて初めてだったし、それに面倒だから大変だったわ。そもそも、メレアでは騎士用の調整をするのはこの子だけで作業が別になるのよ」

大変と言いながら、モリーは愛着がある様子を見せていた。

エマはそんなモリーが嫌いではなかった。

「そっか。この子があたしの機動騎士」

「うん！――だから、絶対に壊さないでね？　新しい機体を用意するの、滅茶苦茶《めちゃくちゃ》大変なんだから」

最後に壊すな、とモリーに真顔で釘《くぎ》を刺されてしまった。

「ぜ、善処します」

◇

翌日。

エマは休憩時間にトレーニングルームに来ていた。

今回はトレーニングウェアに着替えたモリーの姿もある。

「がんばれ〜」

隣でやる気のない声援を送ってくるモリーに応えるように、エマは気合いを入れて自分の何倍もある重量をベンチプレスで持ち上げていた。

「ふぬっ！」

特別たくましい体付きをしていないエマが、高重量を持ち上げる姿にモリーが拍手を送る。

「凄い！　これ、うちの男たちでも持ち上げられないと思うよ」

休憩に入ったエマが、乱れた呼吸のままモリーにこの程度は騎士なら誰でもできると説明する。

「これでも一応は騎士だからね。あ、でも体を動かすのは得意だったの。こっちの方は成績良かったし！——す、少しだけ」

「やっぱりエマちゃんは脳筋だよ」

考えるより動く方が得意というエマを見て、モリーはヘラヘラ笑っていた。

そして、やや真剣な表情になる。

「それより、これからどうするの？　エマちゃん一人が頑張ったところで、何も変わらないと思うけど？」

エマ一人が頑張ったところで、メレアの現状は変わらない。

それは本人もよく理解していた。

「いいの。あたしが頑張るのは、あたしの勝手だから」

「みんなのために頑張るんじゃないの？」

「勝手にみんなのために頑張るの。あたしはさ――正義の騎士に憧れているんだよね」

正義の騎士。

誰よりも強く、どんな困難にも立ち向かう姿を想像する。

エマの中で理想の騎士とはアヴィド――つまり、現バンフィールド家の当主だった。

「きっとさ。正義の騎士ならこんな状況は放置しないと思うんだよね」

モリーはエマの話を聞いて呆《あき》れるが、面白そうに笑っていた。

「エマちゃん面白いね。男の子みたい」

「こ、これでも女だからね！――女の子らしくない、とはよく言われるけど」

いじけてしまうエマは、女の子らしくないとからかわれた過去がある。

自分でもそう思っているが、やはりどこかで自分は女であるとの強い思いがあった。

一度性転換を勧められたが、何となく嫌で断っている。

男性になるのは違う気がする――というよりも、自分が持って生まれた性だから、そのままでいたいという思いがあった。

「いじける姿は結構可愛《かわい》いね」

モリーに可愛いと言われ、エマは顔を真っ赤にした。

「や、やめろー！　いきなりそんなことを言われると、どんな顔をすればいいのか――」

二人の会話が盛り上がってくると、けたたましい艦内放送が鳴り響いた。

そして、やる気の感じられないオペレーターが現状を伝えてくる。

『これより宇宙空母メレアは、一時間後に大気圏に突入する。各員は所定の位置で待機せよ』

惑星エーリアス。

旧バークリー領であるこの惑星は、自然豊かな場所だった。

だが、それで人が居住できるという証《あかし》にはならない。

いくら自然豊かで人に適した気候の惑星だろうと、生息する生物によっては入植できない場合がある。

バークリー家が統治している頃は、ろくな調査がされないまま放置された惑星だ。

そのため、バンフィールド家が調査団を派遣する流れになった。

軽空母に分類されるメレアは、頑丈さが取り柄で大気圏内でも運用可能だった。

そんなメレアに乗せていた惑星調査団が艦を降りると、すぐに現地で調査を行うための拠点の建設に取りかかる。

大きな重機をセットすると、３Ｄプリンターのように建物を建造していく。

簡易的な拠点の建造が進められ、メレアに積み込んでいた調査用の設備が次々に降ろされていく。

そんな様子を眺めながら、格納庫で一人、宇宙用のパイロットスーツに着替えたエマがヘルメットを持って苛立《いらだ》っていた。

「二人とも、未開惑星の調査というのを忘れていませんか?」

未開惑星の調査に同行する際は、様々な危険から身を守るため宇宙服などのスーツ着用が軍の規定にある。

未知のウイルスの心配もあるため、基本的に船外での活動は宇宙服で行われていた。

だが、ダグとラリーは、地上用のパイロットスーツ姿である。

宇宙服と違って普段の服装の上にジャケットを着用した姿だ。

周囲も同様で、モリーなど普段と変わらず露出の多い恰好《かっこう》をしていた。

真面目に宇宙用のパイロットスーツを着用しているエマが、浮いている状況だ。

ラリーが小さくため息を吐《つ》くと、エマの恰好をしげしげと眺めている。

「ふ~ん」

頭の先からつま先まで確認されたエマは、恥ずかしくなってヘルメットで胸元を隠した。

「な、何ですか?」

遠慮のないラリーの視線に困惑していると、本人が鼻で笑う。

「騎士用のパイロットスーツは特別だって聞いていたけど、僕たちとほとんど変わらないみたいだ」

超人である騎士には、専用のパイロットスーツが支給される。

しかし、メレアでエマに支給されたパイロットスーツは一般パイロットと同じ物だった。

ティム大佐曰《いわ》く「うちに騎士用のパイロットスーツなんてない」だそうだ。

　エマはムッとする。

「騎士用のはメレアに配備されていなかったから、通常のパイロットスーツを着用しているんです」

「左遷された騎士様には、相応の扱いって訳だ」

　ラリーが小さく笑うと、隣に立っていたダグがその態度を攻める。

「言い過ぎだぞ」

「――すいません」

　エマに対して強気のラリーだが、どうやらダグに対しては頭が上がらないらしい。

　二人の関係を見ながら、エマは自分に言い聞かせる。

（あたしが隊長なんだから、もっとしっかりしないと）

「それより、二人ともちゃんと既定のスーツを着用してください！　私がこの第三小隊の隊長になったからには、ちゃんとルールを守ってもらいますからね」

　エマが率いる部隊は、第一中隊の第三小隊だ。

　第三小隊の使用するモーヘイブには「一〇三」の数字が描かれている。

　毅然《きぜん》とした態度を心がけるも、エマの年齢は小隊内でも一番若い。

　それもあって、迫力に欠けていた。

　部下二人も侮っているようだが、特に酷《ひど》いのはラリーだ。

　エマが隊長らしく振る舞うと、それが腹立たしいのかエマの弱みを突いてくる。

「そう言えばさ——Dランクって出来損ないって意味だったよね？　そんなDランク騎士に言われてもね」

「なっ！　い、今は関係ありませんよね!?」

Dランクの出来損ないの騎士。

それは、エマにとって辛《つら》い現実だった。

憧れの騎士になれたのに、自分は戦力外のDランク騎士——そのことが負い目となり、二人に対してどこか引け目を感じている。

こんな自分が隊長でいいのだろうか？　そんな思いが、エマを弱気にさせていた。

ラリーと言い争いになりつつあると、ため息を吐いたダグがエマに周囲の様子を見るように言う。

「お嬢ちゃんはもっと周りを見たらどうだ？　調査団にも作業着姿の奴《やつ》らがいるだろ？」

ダグに言われて周囲を見れば、作業着姿で働く調査団の職員がいた。

「え、えっと——まぁ、いますけど」

「事前にある程度の調査は済ませてあるそうだ。今回は仕上げみたいなものらしい」

「え？」

「バンフィールド家は無人機を率先して投入するからな」

事前に無人機を投入して調査を行っており、人類に対して極端に脅威となり得る存在がいないことは確認されていたようだ。

エマは慌てて自身の端末を確認する。

腕に触れて端末を起動するが、そのような情報は届いていなかった。

「あ、あたしには何も。メレアのデータベースにだって」

事前に任務の内容は確認していたが、二人が知っている情報はエマに届いていなかった。

データベースにない理由をラリーが説明する。

「調査団の連中が、今回は無人機の回収もするからってこっちに相談しに来たんだよ」

「し、知りませんでした。――え？　ま、待って下さい。相談しに来たなんて話、あたしは聞いていませんよ？」

「言わなかったからね」

素っ気ない返事でエマを話し合いの場に呼ばなかった、というラリーは悪びれる様子もない。それがエマには許せなかった。

「っ!?　どうしてですか!!」

「別に必要ないだろ」

「そういう問題じゃありませんよ！」

面倒なことになると思ったダグが、二人の言い争いを止める。

「そこまでにしろ。――まぁ、そういうわけで、地上用の装備で構わないそうだ。そもそも、コックピットから出ることもない俺たちが、気にしても仕方ないだろうけどな。これでいいかい、お嬢ちゃん？」

まだ文句はあるか？　そう問われた気がしたエマは、ダグから視線を逸《そ》らすと頷《うなず》く。

「――はい」

落ち込むエマの姿を見たラリーは、吐き捨てるように言う。

「この程度で落ち込むなよ」

◇

エマがいなくなると、ダグとラリーのもとにモリーがやって来る。

歩幅が大きく、いかにも怒っているという雰囲気にダグもラリーもため息を吐いていた。

モリーはラリーに近付くと、顔を近付け怒り出す。

「ラリー、あんたエマちゃんをいじめたでしょ？　一人だけ仲間はずれにしたそうね」

「整備兵のモリーには関係ないよ」

「あるわよ！　うちだって第三小隊の一員ですぅ～」

モリーに詰め寄られたラリーは、居心地悪そうにしていた。

腕を組んだダグは、ラリーに行動を注意する。

「お前が騎士を恨む気持ちもわかるけどな。ただ、お嬢ちゃんは関係ないだろ。当たるにしても、今回の件はやり過ぎだ」

ラリーの過去に何があったかを知るダグは、今回の件をあまり責めていなかった。

それがモリーには我慢できないらしい。

「ダグさん、ラリーに甘すぎ！　後でエマちゃんに謝りなよ」

謝るように言われたラリーは、奥歯を噛《か》みしめてからモリーに言い返す。

眉間に皺《しわ》を寄せ、随分と辛そうな顔をしていた。

「――騎士なんて屑《くず》の集まりだ。あいつだって、すぐに僕たちを見下すようになる」

そう言って、ラリーはさっさと自分のモーヘイブのコックピットに向かってしまった。

◇

出撃前。

まだ時間もあったため、エマは宇宙用のパイロットスーツのまま調査団の責任者に会いに行った。

本当ならばダグやラリーから話を聞くべきだろうが、僅かに不信感を抱いたエマは責任者に直接確認することにした。

これ以上、皆の足を引っ張るのはごめんだと思っていたのだが――。

「はぁ!?」

――エマは大きな口を開けて、唖然《あぜん》とさせられた。

責任者の男性は、恰幅《かっぷく》の良い男性だった。

モサモサした髭《ひげ》を蓄えており、あまり身なりに気を遣っていない。

ツナギ姿の男性は、エマの反応に困惑気味だ。

「いや、確かに言ったんだよ。隊長さんたちを集めて欲しい、って。個別に説明するのも面倒だったからね。同じ艦内にいるんだし、話も聞きたかったからさ」

聞けば、調査団の責任者は機動騎士部隊の隊長たちを集めて説明をするつもりだったらしい。その際に護衛中の注意事項なども説明したようだ。

責任者が戸惑っている。

「私が確認した際は、全員いると言われたんだけど……違ったのかな？」

困惑する責任者の様子から、エマは事情を推察する。

隊長たちを集めて話し合う場に、ラリーはただ伝達を怠ったのではなく、意図的にエマだけを呼ばなかった。

他なら単なるいじめかもしれないが、ここは軍隊……下手をすれば罪である。

ダグも同じだ。事情を知りながら、エマには黙っていた。

ラリーたちの嫌がらせに、エマは腹を立てる。

重要度の高い話ではないかもしれないが、それは言い訳にならない。

エマが部下たちの行動に悩んでいると、ツナギ姿の若者が駆け寄ってくる。

責任者の部下らしく、上司に報告に来たようだ。

「すみません。無人機の反応が幾つも途絶えています。この辺りなんですけど」

端末に地図を表示して、無人機の反応がない地域を男性に伝えていた。

男性がエマに謝りつつ、部下の話を優先する。

「すまないが、仕事が忙しいのでこれで失礼するよ。――この辺りは何か問題でもあるのかな？　現地に入る際は、装備を調《ととの》えた方がいいか？」

二人が去って行くのを見ながら、エマは空に向かって憤慨する。

「この部隊はどうなっているの!!」

◇

事情を知り険しい表情のエマが格納庫に戻ってくると、モリーが駆け寄ってくる。

「エマちゃん、どこに行っていたの？」

モリーはエマが来るのを待っていたようだ。

エマは小さくため息を吐くと、モリーに当たり散らさないよう気持ちを切り替える。

「自分で調査団の人に確認してきたの」

整備兵であり、今回の件に関係ないはずのモリーが申し訳なさそうにしている。

「ごめんね。ラリーたちは叱っておいたからさ。エマちゃん怒ってるよね？」

「……怒ってないよ。ただ、この部隊が信じられないだけ」

エマはつぶやくように言うと、タラップからモーヘイブのコックピットへ向かう。

「やっぱり怒ってるじゃん」

　背中にモリーの悲しそうな声が聞こえるが、エマは開いたハッチから中を覗《のぞ》き込んだ。

モーヘイブの旧式のコックピットに、エマは複雑な気持ちになった。

(必要最低限の機能しかないか。――ネヴァンと比べたら駄目って理解しているけど、やっぱり気になるな)

エマの隣には、いつの間にか端末を操作しているモリーが立っていた。

「調整は済ませたけど、騎士用のって初めてだから問題があればすぐに言ってよ」

一般兵と騎士が乗る機動騎士は、そもそも機体の調整方法が違う。

そのため、エマ用の機体は他の機体より調整が難しかった。

エマはヘルメットをかぶりながら、モリーに疑問を投げかける。

「モーヘイブなら、騎士用の調整フォーマットがあるでしょ？」

「言わなかった？　メレアで騎士用の調整をしたのも初めてだけど、うちも騎士用の機動騎士を触ったのは初めてなのよ」

「――それはちょっと不安かな」

いきなり不安になるようなことを言われるが、エマはコックピット内へと入る。

ハッチを閉める前に、モリーがコックピット内に顔を出してくる。

「安心しなよ。これでも、整備の腕だけは褒《ほ》められているんだからさ」

「そうなの？」

モリーは鼻の下を指でこする。

「軍の学校では、整備の腕は問題なしって言われたよ」

整備の腕以外は問題があるのでは？　と思ったが、エマは自身を省みる。

(出来損ないのあたしよりはいいのかな？)

「──それなら安心だね。それじゃあ、出るよ」

「頑張ってね～」

モリーが外に出ると、モーヘイブのハッチが閉じる。

同時にモニターが起動して、周囲の映像が表示された。

宇宙用のパイロットスーツを着用したエマは、バイザーを閉めるかどうか少しだけ悩む。

「酸素が勿体《もったい》ないし、このままでいいかな？」

すると、モニターの一部に小窓が表示される。

そこには、ブリッジにいると思われる男性オペレーターの姿が映し出された。

相変わらずやる気のない態度で、エマたちに命令してくる。

『全員、そろそろ時間だぞ。そろそろ交替して持ち場につけ。それから、今回は騎士のお嬢ちゃんがいるからな。フォローしてやれよ』

騎士であるエマに向かって、お嬢ちゃん呼びをした。

だが、それを誰も咎《とが》めない。

同じ小隊のダグが、知り合いであるオペレーターに軽口を叩《たた》いている。

『面倒を見るのも大変なんだ。手当はくれるんだろうな？』

『そういうのは上に言ってくれ』

今度は、エマを無視してラリーが話をする。

『ダグさん、そろそろ出ないとお姫様に叱られますよ』

ラリーが言うお姫様という言葉に、エマは疑問を持つ。

「お姫様？　え？　誰ですか？」

『君は知らなくていいよ』

「ちょっと！」

不思議そうにしているエマに、ラリーは答えず通信を切ってしまう。

あまりの態度にエマも腹を立てるが、今度は勝手に部下たちのモーヘイブが動き出していた。

エマを放置して歩き出すと、先に外へと向かう。

『仕事の時間ってのは嫌だな。まぁ、終わった後の酒を楽しみにするか』

『ダグさんはいつもでしょ？』

先に行ってしまう二人が乗ったモーヘイブの背中を見ながら、エマは顔を赤くする。

「第三小隊、これより護衛任務に就きます！」

意気込むエマに対して、オペレーターが投げやりな返事をする。

『お～、頑張れよ～』

第五話 ▼ 宇宙海賊

エマが率いる第三小隊は、拠点の建造を進める調査団の護衛を任されていた。

そのため、エマの乗るモーヘイブは、拠点の近くで立って周囲を警戒していた。

だが、危険が少ない惑星ということもあり、エマ以外のモーヘイブは気が緩んでいた。

銃を構えて立ってはいるのだが、それだけだ。

エマのコックピットには、他のパイロットたちの会話が聞こえてくる。

『暇だな』

『良いことだろ？』

『誰か面白い話でもしてくれや』

他部隊のパイロットたちの会話が聞こえてきていた。小隊内の通信ではなく、メレア全体の通信を使っているためだ。

（任務中だって自覚がなさすぎでしょ。それよりも――）

味方の警戒心のなさも気になるが、エマは自分の乗るモーヘイブのコックピットが気になっていた。

狭くて快適とは言えないモーヘイブのコックピットだが、それ以上に問題があった。

これまで何十人ものパイロットが使用してきたのだろう。

他人の臭いや、嗅ぎなれない臭いがして乗っているだけでも辛《つら》かった。

「変な臭いがするよぉ」

泣き言を呟《つぶや》くエマに、他小隊のモーヘイブ三機が接近してくる。

エマの乗るモーヘイブと同様に、バイザーの飾りが付いた隊長機が話しかけてくる。

『よう、聞いたぜ。お嬢ちゃんは、出来損ないのDランク騎士なんだって?』

オールバックにした女性パイロットがモニターに映し出された。

目つきが鋭く、強面《こわもて》の女性は、コックピットに酒を持ち込んでいた。

地上用のパイロットスーツは脱いで、上はタンクトップ姿だ。

顔がほんのり赤いのを見ると、どうやら任務中に飲酒をしていたらしい。

「今は任務中ですよ！　何を考えているんですか！」

女性パイロットの姿に憤ると、相手は馬鹿にしたように笑い出した。

『真面目な騎士様だ。だけどさ、機動騎士の操縦すらまともにできないらしいね？　何なら、この私と勝負しなよ』

話している相手は、同じ中隊の他小隊――第四小隊の隊長だった。

随伴機の二機も隊長機と同様に、エマの乗るモーヘイブに接近戦用の武器――槍《やり》を向けられた。

三機に囲まれ槍を向けられたエマは、驚いてしまう。

「ちょっと！」

あまりの行動に注意しようと思ったエマが、チラリと自分の部下たちに視線を向けた。

エマの視線は、そのままモーヘイブの頭部へとリンクして二機に顔を向けた。

だが、ダグもラリーも無関心を決め込んでいた。

エマは下唇を噛《か》みしめ、目に涙をためる。

ダグもラリーも、エマよりも相手に対して仲間意識を持っているらしい。

焦るエマの表情から、事情を察した第四小隊の隊長があざ笑ってくる。

『部下にも見捨てられたのかい？　弱い騎士様っていうのは惨めだね！——弱い癖に理想ばかり言うお前みたいな奴《やつ》を見ていると、苛々《いらいら》するんだよ！』

女性隊長のモーヘイブが踏み込み距離を詰めてくると、エマは咄嗟《とっさ》に操縦桿《かん》を握って素早く動かす。

ほとんど反射的な行動だった。

これまで積み重ねてきたものが、この咄嗟の状況で最適な行動を取ろうとする。

ただ、結果はネヴァンを動かした時と同じだった。

初陣と同じように、モーヘイブが酷《ひど》く鈍重で自分の感覚とズレが生じてしまう。

「っ！」

素早く反応したエマが機体を下がらせようとするが、ネヴァンと比べても恐ろしく反応が鈍いモーヘイブでは操作感覚が更に遅い。

（駄目！　倒れる!?）

機体が倒れるのは避けられないと判断したエマは、すぐに調査団の職員たちが足下にいないことを確認する。

そのまま調査団に被害が出ないように気を付けながら倒れたが、機動騎士ほどの巨体ではどうしても被害が出てしまう。

辺りは僅かに揺れ、土煙が舞い上がって大騒ぎになった。

無様に倒れたエマのモーヘイブを見て、第四小隊の面々が一瞬唖然《あぜん》とした後に——口を大きく開けて大笑いをし始める。

『まさか転んだのかよ！』

『さすがは騎士様だ。転び方にも品があるぜ』

『ちょっと脅しただけでこの様とか、Dランク騎士っていうのは本当に出来損ないだな』

三機のモーヘイブたちは、そのままどこかへと去って行く。

第四小隊は、面倒になる前にこの場を離れるつもりらしい。

コックピットの中で、そんな第四小隊の姿を見ながら——エマは奥歯を噛みしめた。

同じ第三小隊の仲間である部下たちが、ゆっくりと近付いてきてエマのモーヘイブを起こす。

接触したことで回線が開き、ラリーの呆《あき》れた表情がモニターの一部に映し出される。

『本当に何もできないのかよ』

「——ごめんなさい」

つい謝罪してしまったエマに、ラリーは露骨な舌打ちをする。

『騎士が謝るなよ。騎士はもっと！――っ』

何かを言いかけるが、ラリーが頭を振って離れていく。

ダグの方は淡々としていた。

『お嬢ちゃんが、騎士になれたのが理解できないな。あれか？　騎士不足だから、どんな奴でも騎士として採用しているのか？』

「そ、それは」

バンフィールド家が騎士不足であるのは、軍にいれば誰もが知る話だった。

騎士の育成を急ぐあまり、出来損ないばかり増えているのではないか？　そんな疑念を抱くダグに、エマは何も言い返せなかった。

『何でもかんでも、考え無しに決めるからこうなる。名君と言われているが、今の領主も昔と変わらないな』

今の領主――エマが憧れる人物を馬鹿にされるが、失態の後では何を言っても言い訳にしかならない。

（あの方は悪くないのに。でも、あたしが失敗するから、何を言っても無駄になる。あたしは――自分が情けない）

悔しくて黙ってしまうと、ダグが冷たい態度を取る。

『頑張るのはいいが、せめて足は引っ張らないでくれよ。面倒はごめんなんだ。それはそうと、俺たちに期待するな。俺もラリーも、気持ち的には第四小隊の姫さん寄りだ』

驚くことに、第四小隊の女性隊長が「お姫様」扱いを受けていた人物だった。

年齢的にはエマよりもかなり年上だが、そんなことは関係ないらしい。

「姫さん？」

エマが驚いて呟いてしまうと、ダグは恥ずかしがるそぶりも見せない。

『可愛《かわい》いだろ。あの子も昔は素直で真面目な軍人だったんだぜ』

そんな姫さんでも心が折れてしまった。

直接は言わなかったが、ダグの言いたいことをエマも理解する。

メレアのオペレーターとの間に通信が開いた。

『エマ・ロッドマン少尉。すぐに格納庫に戻れ。ったく、余計なことをする騎士様だぜ』

余計な仕事を増やしたエマに対する愚痴付きだった。

エマはコックピット内で項垂《うなだ》れた。

（いきなり失敗した）

決意を新たにした直後とあって、エマの中では大きな失敗に感じられた。

◇

メレアの格納庫。

機動騎士部隊の大隊長に殴られたエマは、頬が少し赤くなっていた。

騎士であるエマを一般軍人が殴ったとしても、大したダメージにはならない。

それが上官には余計に腹立たしかったのだろう。――エマは何発も殴られていた。

しかし、今は殴られたよりも心の方が痛かった。

気落ちしているエマに、モーヘイブを見上げるモリーが話しかける。

「随分と殴られたみたいね」

「――ごめん」

「おかげで、うちは今日から徹夜かな？　しばらく眠れないかも～」

おどけて見せるモリーだったが、今のエマには冗談が通じない。

「ほ、本当にごめん！　手伝えることがあったら、何でも言って」

そんなエマを見て、モリーがため息を吐《つ》く。

「――ば～か。嘘《うそ》に決まっているでしょう」

「え？」

「この子は構造自体が単純だから、整備も楽なのよ。そもそも、倒れたくらいで壊れる機動騎士なんて、戦場で使えないでしょ」

モリーは落ち込むエマを慰めるために、冗談を言ったようだ。

エマが安堵《あんど》して胸をなで下ろす。

「良かった」

「でも、しばらく動かせないよ。アシスト機能を一端解除したからね」

「え？」

「再調整をするの。騎士用の機動騎士って調整が難しいからさ。一度、アシスト機能を解除してから再調整をした方がいいのよ」

「そっか」

壊していれば始末書を何十枚と書くことになる。

そうならずに済んだと、エマは心の中で安堵した。

もっとも、任務中に倒れて迷惑をかけてしまったので、始末書は書かされるのだが。

エマは、自分の乗るモーヘイブを見上げる。

足下から見上げたモーヘイブは、単調な造りをしていてもやはり巨大な人型兵器だ。

やはり迫力があった。

「壊れてなくて良かった。あんなやらかしで壊したら、可哀想《かわいそう》だし」

そんなエマの言葉に、モリーは嬉《うれ》しいのか笑みを浮かべる。

普段よりも楽しそうに、モリーが話しかけてくる。

「エマちゃんも機動騎士が好きなの？　うちも大好き！　整備兵になったのも、この子たちを整備できるからよ」

「え、そうなの？」

モリーの意外な話を聞いて、エマは驚きつつ嬉しかった。

エマはモリーに尋ねる。

「それなら、どんな機体が好き？　あたしは絶対にアヴィ――」

機動騎士の話題で盛り上がろうとしていると、大きな爆発音が聞こえてきた。

メレアの格納庫ハッチは開いており、そこから見える外の景色には大きな煙が立ち上っていた。

「な、何!?」

咄嗟にエマに庇《かば》われたモリーは、何が起きたのかと困惑していた。

すぐに立ち上がったエマは、すぐに自分のモーヘイブへと乗り込むためタラップを駆け上がっていく。

そのままモリーに叫ぶ。

「すぐにあたしも出るわ。モリーは早く避難して！」

「ひ、避難？」

戸惑うモリーに、何が起きているのかエマが手短に伝える。

「敵襲よ！」

◇

ラリー・クレーマー准尉は、モーヘイブのコックピットで冷や汗をかいていた。

「宇宙海賊でも四型ベースを使っているってのにさ！」

モーヘイブが持つ銃からビームを放つが、敵の動きが素早く当たらない。

敵が乗る機動騎士は通称【ゾーク】。

モーヘイブをベースに改良された宇宙海賊仕様の機動騎士で、現在主流となっている四型をベースに造られている。

そのため、ラリーが乗る二型よりも性能が良い。

更に悪いことに、現地改修が行われていた。

『地上戦特化仕様の俺たちに、お前らが勝てるかよ！』

敵パイロットの声が聞こえてくる。

敵のゾークは地上戦仕様に改造されていた。

地面を滑るように移動する敵機たち。

周囲の地形を知り尽くしているのか、ラリーとダグの二人は押されている。

マシンガンを持ったダグのモーヘイブが転んだ敵機を何とか撃破するが、状況は二対三と、数は敵の方が多い。

『ラリー、最悪だ。姫さんの小隊が食われた』

こんな状況でも、ダグは普段と調子が変わらない。

「そうですか！　そして今は僕たちが食われそうですけどね！」

ラリーから見れば姫さんはいい歳《とし》をした女性だ。

そんな女性を姫さんと持ち上げるダグを理解できず、こんな状況でも心配しているのが腹立たしかった。

ただ、同時に少しだけ気持ちが救われ、軽口を叩《たた》けるだけの余裕が生まれる。

それでも、状況は劣勢だ。

マシンガンを持った敵機の攻撃を受けると、コックピット内が激しく揺れた。

「旧式はこれだから！」

モーヘイブに対して悪態を吐くが、状況は変わらない。

接近してきたゾークがラリーのモーヘイブを蹴り飛ばす。

地面に倒れると、敵の声が聞こえてくる。

『雑魚が！』

『旧式のモーヘイブで、俺たちに勝てるかよ』

囲まれたモーヘイブのコックピットの中、ラリーは胸を押さえていた。

過去の光景がフラッシュバックする。

思い出すのは、騎士たちに囲まれた時の光景だ。

悔しい過去を思い出したラリーは、操縦桿《かん》に手を伸ばす。

「こんなところで終われるかよ！」

モーヘイブを立ち上がらせる。

ホバー移動を行う敵のゾークたちは、バズーカを持ち出してラリーたちの後方にいる調査団を狙っていた。

「まずい！」

ラリーがシールドを構えて調査団を守ろうとするが、直撃すればモーへイブで耐えきれるか不安だった。

死ぬかもしれない――そんな恐怖が襲ってくると、目の前に迫るゾークに味方のモーへイブが蹴りを入れていた。

『あたしの仲間に手を出すなぁぁぁ!!』

声を聞いて、誰が乗っているのかラリーは気付いた。

「隊長機!?」

跳び蹴りを見舞ったモーへイブは、左脚部が粉々に砕けていた。だが、蹴られたゾークの方も吹き飛ばされてしまった。

ラリーは機動騎士が跳び蹴りした光景に驚いてしまった。

「な、何て無茶をするんだ！」

だが、味方が破壊されたのを見ていたゾークは、左脚を失ったモーへイブに向かってマシンガンを向けた。

エマのモーへイブは蹴りを放った直後もバーニアを吹かして空を飛んでいたが、バランスが悪くフラフラ飛んでいる。

そんなエマのモーへイブに向かって、ゾークはマシンガンの銃口を向ける。

しかし、エマのモーヘイブは持っていたビームライフルでゾークのマシンガンを撃ち抜いてしまった。

ゾークがマシンガンを手放すと、弾倉に引火して爆発する。

「狙った？　いや、まぐれか？」

ラリーは、エマがマシンガンを撃ち抜いたのはまぐれと判断すると、コックピット内に警告音が響いた。

振り返ると、そこにはエマのモーヘイブに蹴られたゾークの姿があった。

ボロボロの状態で起き上がり、バズーカを構えているが損傷が酷《ひど》くホバー移動はできないようだ。

「まずい!?　おい、もういい。さっさと逃げろ！」

フラフラと飛び回るエマのモーヘイブだが、ラリーの言葉を無視してバーニアを吹かしてバズーカを構えたゾークへと突撃する。

ゾークのバズーカが火を噴くと、それはエマの乗るモーヘイブに向かう。

（直撃する!?）

バズーカに撃たれて吹き飛ぶモーヘイブを予想したが、至近距離で放たれた弾がエマのモーヘイブを通り過ぎた。

そのまま二機は激突し、バラバラに砕けながら吹き飛んでいく。

一瞬の出来事だったが、ラリーはすぐにエマが何をしたのか理解した。

「あの距離で避けたのか!?」

信じられない。そんなことが本当に可能なのか？

ラリーが混乱していると、ダグがエマのモーヘイブに駆け寄っていく。

『今の機体はお嬢ちゃんか!?』

自分たちの頼りない小隊長が、敵に向かって体当たりをするとは思っていなかったのだろう。ラリーもダグと同じ気持ちだった。

「あの馬鹿、何て無茶をするんだよ！」

ラリーとダグがエマを助けるため、強引に前に出た。

宇宙海賊たちは、数で劣勢になると仲間を見捨ててそのまま撤退する。

その動きからダグは、敵を警戒する。

『いい判断力だな。敵さんは厄介な連中かもしれんぞ』

敵を評価するダグに対して、ラリーは否定的だった。

「不利になったから逃げただけですよ。味方まで見捨てるんですから、薄情な奴《やつ》らです」

『だから手強《てごわ》いんだろうが』

ラリーとダグがエマのモーヘイブに近付くと、かなりの衝撃だったのか二機のパーツが四方に散らばっていた。

「おい、無事か！」

ラリーが必死に声をかけると、エマが答える。

『な、何とか無事です』

コックピット内の様子がモニターに映し出されると、随分と酷い状況だった。

衝撃が内部にまで届いており、エマのコックピットはモニターが割れていた。

無駄に着用していた宇宙用のパイロットスーツも良かったのか、エマは軽傷で済んでいた。

「良かった――てっ！　それよりお前、何てことをするんだよ！　下手をしたら死んでいたぞ！　突撃するとか、何を考えているんだ！」

エマが無事で安堵《あんど》したラリーだったが、そのことを悟られたくなかったのか咄嗟《とっさ》に先程の行動を責めた。

本人も馬鹿なことをした自覚はあるらしく、困ったように笑っていた。

『すみません。この子を壊しちゃいました』

「この子って、旧式のモーヘイブなんか気にするなよ」

呆《あき》れてため息を吐《つ》くラリーに、ダグがティム大佐の命令を伝えてくる。

『全員で宇宙に撤退だ。ラリー、お前はお嬢ちゃんを回収してメレアに戻れ』

ラリーが調査団に視線を向けると、既にメレアに乗り込みつつあった。

敵がいるような惑星で、ノンビリ調査などしていられないのだろう。

だが、その命令に疑問を持つ。

「宇宙に撤退？　本星に戻るんじゃないんですか？」

『いや、どうやら予想以上に面倒になりそうだとさ』

「は？」

◇

メレアの治療室。

「このお馬鹿！　あの子をうちがどれだけ可愛《かわい》がってきたと思っているの!?」

「いふぁい。いふぁいです」

モリーに両頬を摘《つ》まれるエマは、頭部や腕に包帯を巻いていた。

しばらく安静にするように医者に言われたが、エマの方は動いてもさほど痛くなかった。

騎士として鍛えられた肉体のおかげである。

それを知っているから、モリーはエマにお仕置きをしている。

「あの子をまともに動かせるようになるまで、どれだけうちが苦労したと思っているのよ！　騎士用に調整するのがどれだけ大変だったか！」

エマのために調整したモーヘイブを壊され、モリーは激怒していた。

「ごめんね」

解放されたエマが謝罪すると、モリーが深いため息を吐く。

「まぁ、生きて戻ったからいいけどさ。まさかアシスト機能を外した機体で、敵に体当たりを成功させるとは思わなかったわ」

「あははは。あたしも驚いているよ」

無我夢中だったエマも成功するとは思っていなかった。

アシスト機能――それは、機動騎士を操縦するパイロットを文字通りアシストしてくれる機能である。

ここ数百年では、当たり前の機能となっている。

これがあるおかげで、多くのパイロットが機動騎士の操縦に関して習熟期間が短縮できるようになった。

今ではなくてはならない機能になっているのに、それを外した状態で体当たりを成功させたエマにモリーが呆れている。

「普段はまともに動かせないのに、よく成功させたよね」

「えへへへ」

「まぁ、エマちゃんが無事に戻ってきてくれて安心したよ。一歩間違えたら死んでいてもおかしくなかったんだからね」

「は、反省してます」

笑っているエマを見て、大きなため息を吐いたモリーが戦闘の結果を伝えてくる。

「それよりも聞いた?」

「何を?」

「第四小隊は全滅したって」

「――嘘《うそ》？」

自分をあざ笑っていた第四小隊が、宇宙海賊たちの襲撃を受けて全滅した。

エマにはとても信じられなかった。

数時間前まで、彼女たちは確かに生きていた。

だが、もうこの世にはいない。

現実感のない話だった。

「第一小隊も二名戦死だって。まともに残った小隊はうちら第三小隊だけよ。出撃していなかった他の中隊は無事だけどね」

護衛に駆り出された第一中隊のほとんどが撃破され、まともに動けるのはエマたち第三小隊のみだった。

「そ、そうなんだ」

付き合いが長いわけではない。

だが、見知った人たちが死んでいく状況にエマは胸が苦しくなる。

モリーは、そんなエマを見ながら話を続ける。

――淡々と。どこか、人の死を受け入れ慣れている様子があった。

「あとさ。理由はよく知らないけど、上が慌てているみたい」

「何かあったの？」

「味方が来るってさ。でも、おかしいのよ。送られてくるのは特殊部隊らしいのよ。おかげで、みんな大騒ぎよ」

「特殊部隊？　通常部隊が送られてくるんじゃないの？」

どうしてこんな辺境に特殊部隊が送られてくるのか？

二人は互いに首をかしげるが、答えは出てこなかった。

第六話 ▼ 緊急依頼

バンフィールド家本星ハイドラ。

その政庁に届いた情報により、朝から官僚や軍人たちが慌ただしかった。

領地として獲得した惑星エーリアスに、宇宙海賊の拠点あり。

その知らせを受けた元筆頭騎士クリスティアナは、任務中である部下と通信を開いていた。

その部下とは、クローディア・ベルトラン大佐だ。

現在、彼女は数百隻の艦隊を率いて、海賊の拠点に攻撃を仕掛けていた。

遠く離れたクローディアと話すために、クリスティアナはモニター付きの通信機の前に座って深刻な顔をしている。

「クローディア、すぐに惑星エーリアスに向かってもらえるかしら？」

上官からの命令に、クローディアは毅然《きぜん》とした態度で答える。

『現在は宇宙海賊共の拠点攻略中です。ここが片付き次第、向かわせて頂きます』

クローディア率いる部隊が戦闘中でありながら、クリスティアナは呼び出していた。

あまり褒められた行動ではないのだが、クリスティアナは事態の深刻さをクローディアに伝える。

「惑星エーリアスにも宇宙海賊共の拠点が見つかったわ」

『ここが片付き次第、早急に――』

「それでは間に合わないのよ。本星からも艦隊を派遣するけれど、間に合いそうなのはクローディアの部隊だけよ」

『――それだけ急ぐ理由があると？』

いぶかしむクローディアに、クリスティアナは僅かに声が低くなる。

「海賊共の兵器製造プラントが発見されたわ。まさか、エーリアスが本命だったなんてね。その規模だけど、こちらの想定を超えていたのよ」

『どの程度でしょうか？』

「少なくとも艦艇が建造できる規模よ。現地の治安維持部隊が交戦したから、敵も我々に気付いているのよ。逃げられると厄介だわ」

『なっ!?』

先程までは落ち着いていたクローディアも、兵器製造プラントがあると聞くと目をむいて驚いていた。

兵器製造プラントの破壊は、クローディアたちの本命である。

何よりも優先するべき破壊対象だ。

そして、想定していたよりも規模が大きいとなれば、半端な部隊を向かわせても返り討ちに遭う可能性が高い。

クリスティアナは、クローディアにバンフィールド家の事情を説明する。

再確認という意味合いもあるが、部下に優先順位を間違えるなと釘《くぎ》を刺すためでもある。

「エーリアスはバンフィールド家が獲得したばかりの惑星になるけれど、同時に統治する責任が発生します。バンフィールド家が海賊共の拠点を見過ごしたばかりか、武器製造に関わっていたとなれば今までの信用がなくなるわ」

新たに得た領地に海賊たちが使用する武器の製造拠点があった。

それはバンフィールド家にとって、信用問題に関わってくる。

領地にした時期を考えれば、無理がある話だろう。

普通であれば、冷静に対処すれば済む話だ。

しかし、事情はそう単純ではなかった。

「数年前にバークリー家を滅ぼしたけれど、バンフィールド家を敵視する帝国の貴族たちは多いわ。奴《やつ》らに弱みは見せられないのよ」

非常時に緊急で呼び出した理由を話すと、クローディアが一瞬視線を動かした。

頭の中でどのように対処するべきか、考えていたのだろう。

動かせる戦力を計算し、すぐにクリスティアナに答える。

『必要最低限の部隊を先行させます』

クローディアの判断に、クリスティアナはそれでは足りないと提案する。

「それなら、現地部隊と合流して先遣隊と敵の退路を断ちなさい。本隊到着を待って、敵プラントの制圧をすればいいわ」

　クリスティアナの提案に対して、クローディアは僅かに眉根を寄せていた。

『――いえ、先遣隊のみで対処可能です。現地部隊の手は借りません』

　クローディアの判断に対して、クリスティアナは思うところはあったが言葉を飲み込む。

「現場指揮官のクローディアに任せるわ。それから、可能ならばプラントは制圧。海賊共は捕らえなさい」

『捕らえるのですか？』

「支援者がいる可能性が高いわ。――リアム様から許可も得ました。特務陸戦隊も高速艦で派遣します。現地で合流しなさい」

　特務陸戦隊と聞いたクローディアが、驚いた顔をする。

『トレジャーですか？　よく使用許可が出ましたね』

「三小隊のみだけどね。それ以上は無理だったわ」

『十分です。彼らなら最高の援軍になります』

　特務陸戦隊だが、軍内部での別称は「トレジャー」。

　現当主であるバンフィールド伯爵の持つ、陸戦隊の精鋭部隊である。

　本来であれば、伯爵の命令のみに従う部隊だ。

　彼らが投入される戦場は、常に最前線。

　戦闘中の敵要塞や敵戦艦に突入し、与えられた任務をこなす。これだけ聞けば、他の陸戦部隊と変わりがない。

だが、彼らに与えられる任務は、通常部隊では達成困難な任務ばかりだ。

一人一人が陸戦隊の強者《つわもの》たちの集まりで、戦場では頼りになる存在でもある。

そんな部隊を派遣するというのは、それだけの非常事態という証拠でもあった。

「これでも戦力的には不安でしょう。現地の治安維持部隊を指揮下に加えなさい」

しかし、クリスティアナの言葉にクローディアの態度が変わる。

現地の資料を確認し、現地部隊がどの部隊かを知った。

『――辺境の治安維持部隊など役に立ちませんよ』

辺境惑星の治安維持部隊と聞いて、クローディアの視線が冷たいものに変わるのをクリスティアナは見逃さなかった。

だから、あえて好きに行動させる。

「クローディアの判断に任せるわ。好きにしなさい」

通信が閉じると、クリスティアナは呟《つぶや》く。

「これはあなたにとってもチャンスよ、クローディア」

◇

バンフィールド家本星ハイドラ。

ハイドラの支配者である伯爵の屋敷は、屋敷自体が都市という規模であった。

屋敷の主である伯爵【リアム・セラ・バンフィールド】が、部下たちから届けられた報告を電子書類で確認している。

周囲に浮かんだ数十の画面を一瞥《いちべつ》し、僅か数秒で確認すると鼻で笑う。

「バークリー家の置き土産か？　下手な拠点よりも厄介だな」

広い執務室に一人だけだったが、リアムの陰から大男がゆっくりと出現する。

禍々《まがまが》しい雰囲気をまとった仮面をつけた男が登場しても、リアムは表情を変えずに平然としていた。

現れた男に話しかける。

「終わったか？」

大男に頼んだ仕事が無事に終わったのか尋ねると、相手は膝をついて頭《こうべ》を垂れた。

「はっ。執事殿の気がかりは一人の騎士が原因でした」

「騎士？」

リアムの前に、一人の女性騎士のデータが浮かび上がる。

そのデータを見て、すぐに目を細める。

「知り合いが辺境送りになって心配していたのか。俺に言えばすぐに安全な配属先を用意してやったのに」

最近、自分の執事が何かを心配しているようだった。

その調査を暗部に依頼したのだが、出てきた結果は拍子抜けするものだ。

大男は執事の気持ちを代弁する。

「リアム様を煩わせたくなかったのでしょう。それに、執事殿は不正を嫌います。知り合いだからと特別な扱いを望むとは思えません」

「あいつらしいな。それにしても配属先はエーリアスか。運のない娘だ。だが、死なれても面倒だ。呼び戻して後方勤務に――」

騎士として最低評価のDランク。

そして運がない少女のデータを眺めていたリアムは、言葉を途中で止めると詳しいデータを閲覧し始める。

少女――エマ・ロッドマンの騎士学校時代のデータだ。

中でも機動騎士に関するデータを確認すると、右手を額に当てて天井を見上げて笑い始める。

「こいつは面白いな！」

主君が急に笑い出したために、大男が尋ねる。

「リアム様がお気に召す騎士でしょうか？　Dランク評価が当然の娘ですが？」

笑うのを止めたリアムが席を立つと、大男に命令する。

「エーリアスに向けて高速艦を出す予定だったな？　丁度いい。〝アレ〟をこの女に届けてやれ。使いこなせるかどうかは、本人次第だけどな」

アレと言われただけで察する大男は、リアムに対して再度確認する。

「よろしいのですか？」

「俺の陸戦隊も派遣するんだ。一緒に届けてやればいい」

そう言って、リアムはエマの資料に視線を向けた。

空中に投影されたエマの資料——画像には、騎士の礼服を着用して期待に胸を膨らませている姿が映っていた。

「この俺が期待してやる。励めよ、ロッドマン」

◇

エーリアスにて遭遇戦が行われて数日後。

惑星エーリアス近くにて待機していたメレアに、接近する艦艇があった。

高速艦と呼ばれる移動を重視した艦艇に乗っていたのは、クローディアだった。

ブリッジから見えるメレアの姿を確認すると、眉根を寄せて不機嫌になる。

その様子を見ていたクローディアの部下が、困った顔で話しかける。

「まさか、現地部隊が左遷先の部隊とは思いませんでしたね」

部下の言葉を受けて、クローディアは手短に答える。

「唾棄《だき》すべき連中だ。リアム様の温情も知らずに、不平や不満だけを口にする害虫だ」

「それはまた手厳しい」

肩をすくめた部下は、クローディアの評価にやや疑問を持っていた。

そして、資料を確認すると――その中に騎士を発見する。

「おや？　メレアには騎士が乗っていますね。この人手不足に、左遷先に送られるとかどんな奴でしょうか？」

そう言って部下は騎士の詳細を調べるが、クローディアが視線だけを向けて答える。

「私が評価を下した出来損ないの騎士だ。まさか、こんなに早く再会するとは思わなかった」

「隊長の教え子ですか」

「――教え子と呼ぶのもおこがましい無能だ」

「相変わらず厳しいですね」

エマに対して無能と言い切るクローディアに、部下は肩をすくめて首を振っていた。

◇

惑星エーリアスから一時的に撤退した辺境惑星調査団。

その護衛を任された空母メレアだが、現在は剣呑《けんのん》な雰囲気に支配されていた。

主立った面々が揃《そろ》った広い部屋では、立体映像を囲んで会議が行われている。

薄暗い部屋の中に、メレアの機動騎士部隊の面々も顔を出していた。

壁際から会議の様子を見守るエマは、メレアに乗り込んできた大佐を見ていた。

（教官が来るとは思わなかった）

元教官クローディア・ベルトラン。

クローディア率いる部隊と合流した護衛艦隊だったが、お互いに雰囲気が悪い。

やる気のないティム大佐が、クローディアに対して不満を述べている。

「艦隊が送られると聞いて待っていれば、機動騎士の中隊と陸戦隊が僅かだけですか？　この程度の戦力で海賊の拠点を制圧しろとは、バンフィールド家は我々を高く評価してくれているようだ」

上層部に加えて、バンフィールド家そのものを批判するティム大佐にクローディアの部下たちが武器に手をかけようとしていた。

忠誠心の高い騎士たちにとって、主君を馬鹿にされるというのは許しがたい行為だ。

それをクローディアが手を上げて止めるが、ティム大佐の態度は腹に据えかねているらしい。

「お前らの皮肉や嫌みに付き合うほど、我らは暇ではない。さっさとブリーフィングを終わらせるぞ」

クローディアが率いるバンフィールド家の私設軍は、現在の当主が再建した軍になる。

練度、質、士気——全てが揃った理想的な軍隊だろう。

逆に、メレア側は全てが揃わない壊滅的な軍隊だ。

両者は互いを憎んでいるようで、会議の雰囲気は最悪だった。

壁際にいたエマの隣には、壁を背にしてポケットに手を入れるラリーがいる。

クローディアを見た後に、エマに視線を向けて鼻で笑っていた。

「本物の騎士様たちは迫力が違うね。君とは大違いだ」

「そ、それはそうですけど」

比較されて見劣りがするのは仕方がない。

クローディアが率いてきたのは、騎士であればBランク以上という優秀な者たちだ。

クローディア自身はAを超えて「AA」という特別ランクである。

辺境に派遣されるような部隊ではない。

クローディアが派遣されたことで、エマは現状が異常事態だと認識する。

(海賊たちの拠点を潰すためだけに、精鋭を派遣してくるなんておかしいよね？)

クローディア率いる騎士たちならば、問題なく敵拠点を制圧できるだろう。

しかし、辺境に存在する海賊の拠点を制圧するにしては、エマには過剰な戦力に見える。

準備が十全とは言えない中、作戦を決行するのも不自然に見えた。

(教官たちなら大丈夫だと思うけど、それよりも急いでいるのが気になるかも。まるで慌てているみたい)

敵拠点の制圧について説明するクローディアは、メレアの軍人たちに何かを隠しているように感じられた。

「――以上だ」

クローディアが説明を終えると、腕を組んで話を聞いていたダグが強引に前に出る。

「ちょっと待ってくれ。あんたら、本気で俺たちだけで敵拠点を制圧するつもりか？」

階級が准尉であるダグが、大佐であるクローディアに無礼な態度で話しかけてしまった。

上司であるエマが、慌てて止めに入る。

「ダグさん、駄目ですよ！」

「お嬢ちゃんは黙っていろ。俺たちは、もう無駄死にするような戦場は懲《こ》り懲《ご》りだ」

クローディアの視線が一度だけエマに向けられたが、興味がないのかすぐダグに冷たい視線を向けていた。

「無駄かどうか判断するのはお前ではない。これは命令だ。黙って従え」

「はっ！　今まで放置しておいて、随分と都合がいいな。俺たちを左遷先に押し込めておいて、今更頼ろうっていうのか？　また、俺たちを使い潰すつもりだろ？」

「ダグさん、もう止《や》めてください！」

ダグの無礼な態度を止めようとするのは、エマ一人だけだった。

他のクルーたちは、ダグと同様にクローディアたちを睨《にら》み付けている。

そんなメレアのクルーたちに、クローディアは嫌悪感を滲《にじ》ませる。

「――お前たちのような半端者を使わねばならないのが、私にとっては情けない限りだよ」

　本来であれば厳しい処罰が与えられるべきダグの言動だが、クローディアは興味がないのか背中を向け、部下たちを連れて部屋を出て行く。

　ティム大佐が、深いため息を吐《つ》くと頭をかく。

　どうやら、随分と緊張していたらしい。

「命が縮んだぞ、ダグ」

「悪いな、司令。だけど俺は、もう命を張るほど忠誠心なんて持っていないのさ」

　すると、ティム大佐が微笑する。

「俺も同じだよ。それにしても、本当にあの数で制圧するつもりなのか？」

　ダグも不可能と考えているようだ。

「無理だろうな。きっと手柄を立てようと焦っているのさ」

　クルーたちが二人の会話を聞いて、納得したような顔をしているのがエマには耐えがたかった。

（メレアの人たちは騎士を信じていない）

　一人、俯《うつむ》いて手を握りしめる。

　協力を拒否するメレアの軍人たち、そしてクローディアたちの見下すような態度――全てが、エマには嫌だった。本来ならば、もっと協力するべきだ。

（こんなのおかしいよ）

そんな時だった。

会議の場に映像が投影されると、場違いな明るい声が響き渡る。

『エマちゃん、凄《すご》い贈り物が届いたよ！』

それはモリーだった。

「え？　あ、あの？」

エマが顔を上げて、困惑しているとモリーが周囲を無視して話し始める。

『とにかく来てよ。みんな待っているんだからさ』

◇

「エマちゃんこっち！」

「ま、待ってよ」

無重力となった艦内通路。

モリーに手を引かれるエマは、格納庫を目指していた。

「あたしに届け物って何？」

「凄いよ！　見たら絶対に驚くって！」

興奮するモリーに強引に格納庫へ押し込まれると、そこでエマが見た物は失ったモーヘイブ二型の代わりとなる機動騎士だった。

機動騎士に近付くエマは、足下から見上げる。

格納庫の照明に照らされ輝く機動騎士は、以前に乗っていたネヴァンの同型機だった。

ただ、細部やバックパックに違いがある。

スマートな騎士を思わせるシルエットをしているが、翼のような追加ブースターではなくロケットを二本背負った形をしている。

他のネヴァンには見られない頭部メインカメラのツインアイは、フェイス部分を守るためのフェイスカバーがされていた。

関節部分が補強され、一般的なネヴァンよりも試作機に見える外観をしていた。

外観からネヴァンだと判断できるのは、関わっている人間だけだろう。

それほどまでに、目の前のネヴァンは異質な存在に見える。

だが、間違いなく最新鋭の機動騎士――ネヴァンだった。

「――ネヴァンだ」

「本物だよ。本物のネヴァンタイプ！　いいよね、最新鋭の機動騎士って！」

ネヴァンを前に興奮しているモリーは、機体の脚部に抱きついていた。

唖然《あぜん》とするエマの方に、パワードスーツ型の宇宙服を装備した兵士が近付いてくる。

陸戦隊仕様の戦闘スーツは、重量感もあって威圧的だ。

黒く塗装された戦闘スーツというのもあって、余計に怖く見える。

そんな威圧的な見た目だが、フェイス部分を開放すると女性の顔が見えた。

髪型はベリーショート、目つきが鋭い女性だ。

歴戦の猛者《もさ》という印象の相手が、エマを確認すると微笑を浮かべ話しかけてくる。

「エマ・ロッドマン少尉ですね？　受け取りにサインをお願いします」

差し出された電子書類にサインを求められるが、エマは頭を振る。

「あ、あの！　間違いじゃないんですか？　あたし、Dランクで、その！」

あたふたするエマに、女性兵士――特務陸戦隊の隊員が再度サインを求める。

「間違いではありませんよ。早くサインをお願いします」

エマの様子が面白かったのか、微笑しながら空中に浮かんだ電子書類を前に出す。

確かに届け先はエマ・ロッドマンとなっていた。

エマが困惑しながらも受け入れる。

「は、はい」

サインをすると、隊員が確認して小さく頷《うなず》く。

そして、エマの顔を見据えた。

エマが驚いて硬直すると、隊員は真面目な態度だった。

「送り主から伝言を預かっています」

「送り主ですか？」

機動騎士の配備を判断するのは軍であり、個人が送ってくるなどあまりない話だ。

エマが貴族であればあり得たかもしれないが、一般人であるためそれもない。

一体、誰が自分に機動騎士を送ってきたのだろうか？　その疑問に答えてくれるかと思ったが、どうやら違うらしい。

「『乗りこなして見せろ』と」

「え？　そ、それだけですか？」

「えぇ、それだけですよ。それ以上の伝言は、何も預かっていません」

隊員が破顔してそう言うと、エマはオズオズと尋ねる。

「えっと、誰が送ってきたとか知りませんか？　か、確認を取らないといけませんし」

困っているエマの姿を見た隊員は、少しばかり思案をしてから答える。

どこか面白がっている様子だった。

「ご本人が名乗られていないのなら、私から教えることはできませんね。それでは、ちゃんと届けましたからね」

そのまま去って行く隊員は、無重力状態の格納庫を飛んでいく。

障害物を綺麗《きれい》に避けて飛ぶ姿に、エマは少し見惚《みと》れていた後に――結局名前を聞き出せなかったことを思い出す。

「え!?　ちょっと、これどうしたらいいんですか!?」

機動騎士を届けられたエマは、困惑するしかなかった。

そして、届けられたネヴァンタイプに視線を向ける。

「――あたしに乗りこなせっていうの？」

第七話 ▼ イェーガー部隊

惑星エーリアスの近くに、艦艇が続々と集まってきた。

空母メレアの周囲には、ブースターを増設した速度重視の艦艇が何隻も集まってくる。

高速艦――移動速度を重視したために、戦艦としては脆《もろ》く打撃力にも欠ける。

運べる物資も少なく、軍でも保有している数がとても少ない貴重な戦艦だ。

ただ、今回のような場面では重宝される。

作戦に参加する予定はなく、物資を引き渡した後はメレアに乗っている調査団を引き取って本星へと戻るだけだ。

その様子を眺めていたクローディアは、周囲の部下たちから問い詰められていた。

「納得できません！　どうしてDランクの出来損ないに新型が用意されるのですか？」

「大佐が乗るべきです。改修された特機であれば、その方が戦力になります」

「第三兵器工場が、わざわざ技術者まで派遣してきた機体ですよ」

部下たちが不満を抱えている理由は、エマ・ロッドマン少尉――戦力外と見なされたDランク騎士に、ネヴァンタイプの新型を任されたことだ。

一機でも戦力が欲しい状況で、新型機を遊ばせておく理由はない。

ただ、クローディアには、エマから新型機を取り上げることはできなかった。

そもそも、クローディアが手を出していい案件ではない。

現場指揮官としての判断から言えば、すぐに優秀なパイロットに新型を任せたかった。

しかし、特務陸戦隊——トレジャーが、わざわざエマに届けたネヴァンタイプだ。

そんなことができるのは、クローディアも一人しか知らない。

そもそも、この場に新型機が届けられたことは、クリスティアナも知らないだろう。

——こんなことが軍で許されるのは、バンフィールド家の絶対的な存在だけだ。

(私が口を出していい話ではないか)

不満を口にする部下たちに、クローディアは険しい表情を向けて一喝する。

「上からの命令だ。そもそも、あの機体は当初の予定にはない。余計なことをして面倒を起こすな」

冷たく言い放つと、部下たちが押し黙る。

ただ、クローディアも気になっていた。

(どうしてあのお方が、名指しであいつに機動騎士を与える？　それも、わざわざ第三兵器工場の技術者まで連れて来て)

◇

メレアの格納庫。

エマが受領したネヴァンの正式名称は――ネヴァン試作実験機だった。

機体の周囲には、ラリーやダグをはじめとしたメレアのパイロットたちが集まっている。

新型機であるネヴァンを見るために集まり、それぞれが口々に感想を述べていた。

「これがネヴァンか」

「細身で頼りないな」

「出来損ないのお嬢ちゃんに与えるとか、上は本当に何を考えているんだ?」

「お気に入りだったりしてな」

「馬鹿。お気に入りを左遷先のメレアに送るかよ」

「そうなると、本当に意味不明だよな」

周囲が勝手なことを言っているが、エマの方はそれどころではなかった。

機体の調整を行うために、専用のパイロットスーツに着替えてコックピットのシートに座っていた。

試作実験機用に用意されたパイロットスーツは、特注品だった。

高性能な宇宙服兼、パワードスーツとなっている。

だが、性能を追い求めたせいなのか、見栄えのことをあまり重要視していなかった。

無駄をそぎ落とした結果なのか、体のラインが出てしまっていた。

大事な部分は装甲板やら機器で隠れているが、やや扇情的なデザインをしている。

そんなパイロットスーツを着るのは恥ずかしかったが、調整の段階に入ると周囲の視線は気にならなくなっていた。

エマの調整を手伝うのは、小隊付き整備士のモリーと——この機体の開発に関わった第三兵器工場の技術者だった。

金髪碧眼《へきがん》の美しい女性なのだが、彼女の特徴は長く鋭く尖《とが》った耳だった。

——エルフと呼ばれる種族の女性だった。

長い髪の毛を後ろで縛ってまとめ、フレームの赤い眼鏡をかけている。

スレンダーな体形で、見た目は知的な女性だった。

そんな彼女の名前は【パーシー・パエ】技術少佐。

試作実験機の開発責任者でもある彼女は、エマに対して申し訳なさそうにしている。

その理由は、試作実験機が未完成の代物だからだ。

「正直に言いますわよ。この機体は新型動力炉を積み込んだ実験機になります」

「え？　あ、はい」

操縦桿《かん》を動かしながら様々な調整を忙しそうに行うエマは、パーシーの話を聞き流しそうになっていた。

その様子にため息を吐《つ》きながらも、パーシーは丁寧に説明する。

「特機開発のために、無理矢理ネヴァンに新型動力炉と一緒に新技術も詰め込んだわ」

特機——それは、一部のエース級パイロットたちに支給される特別な機動騎士の総称だ。

カスタム機もこれに分類されるが、ここで言う特機はエースのために開発したワンオフ

残されたエマは、一人になると呟《つぶや》く。

「あたしだって死ぬのは怖いんです。でも――」

――憧れたあの人は、どんなに劣勢の状況でも逃げ出したりはしなかった。

そう思いながら、エマは握った手を胸に当てる。

（あたしはあの人に近付きたい。あの人のように、強くなりたいって誓ったから）

◇

大気圏へ突入するため、メレアは惑星エーリアスに近付いていた。

専用機仕様のネヴァンのコックピットに乗り込んだクローディアは、部下の報告に耳を傾けていた。

『試作機は調整が間に合いません』

「構うな。これ以上、敵に猶予を与えたくない。敵が籠城を決め込んでいる内に、制圧するぞ」

試作機の調整は間に合わず、戦力にならないと聞いてクローディアはどこかで安堵《あんど》する。

部下との通信が閉じると、誰に聞かれるわけでもないのに小声で呟く。

「辺境に配属されたのに巻き込まれる。――運の悪い奴だ。さっさと騎士など辞めてしまえばいいものを。これだから愚か者は嫌いだ」

自分から不適格という辞める理由を与えられたのに、騎士にしがみつくエマのことを愚かと言いながら悲しそうな顔をする。

「――憧れだけで騎士が務まるものか」

クローディアは手首に巻いたお守りを見る。

◇

数十年前。

宇宙海賊が根城としていた資源衛星にクローディアは捕らわれていた。

痩せ細った体を汚れた布で隠し、海賊たちに媚《こ》びて命を長らえる日々が続いていた。

捕らわれた者たちが放り込まれる牢屋《ろうや》の中。

近くで寝込んでいた女性騎士は、いつの間にか死んでいた。

劣悪な環境で死んでいくのを待つばかりとなり、どうしてこうなったのかを何度も考えて過ごしていた。

「くそ――くそっ」

死にたくない。こんな死に方は嫌だ。

そう思っていると、部屋に宇宙海賊に成り下がった元部下がやって来る。

「元気にしていましたか、元隊長殿？」

まだ若い男は、この世界で成り上がろうと決めて組織に入った。

宇宙海賊になって数年目で、まだ下働きをしていた。

いつか自分も独立して海賊船の船長になり、部下たちを率いる立場になりたい。

そんな夢を持っていた。

だが、そんな若い男はコックピットの中で震えている。

配属されたプラントは、組織の大事な収入源だ。

ここに配属されたという時点で、見込みありと判断されたようなもの。

一見すればただの工場だが、非常時ともなれば隠し砲台が出現して要塞へと変貌する自慢の基地だ。

だが、そんな基地から黒い煙が、何ヶ所からも上がっている。

ガトリングガンを持ったゾークを操縦する若い男は、自分たちのプラントで暴れ回っている敵が誰か聞かされていた。

工場内の設備の隙間にできた通路を進みながら、敵に出くわさないことを願う。

「俺は組織で成り上がるんだ。こんなところで、あの悪魔共と遭遇するなんて冗談じゃない。俺はもっとビッグになる男なんだよ」

震えて歯がガチガチと音を立てていた。

このまま逃げてしまおうか？

そんな気持ちを何とか押し殺して、命令通りのポイントへと向かう。

曲がり角を通り過ぎると、味方のゾークが灰色の機体にレーザーブレードでコックピットを焼き貫かれていた。

「ひっ！」

こちらに気付く敵機。

だが、ベテランの乗るゾークが建物を飛び越えて、二機も増援に来てくれた。

ベテランが若い男に怒鳴るように指示を出す。

『立ち止まるな！　殺されるぞ！』

「は、はい！」

ガトリングガンを構える。

だが、味方がいては攻撃できないとトリガーを引くのをためらっていると、敵であるネヴァンがレーザーブレードを振るう。

味方の一機が両腕を切断されると、蹴飛ばされた。

もう一機がマシンガンで攻撃するが、敵機の装甲が弾《はじ》いてしまう。

敵機は左手に持ったシールドで、味方機のコックピットを殴りつけた。

装甲、そしてパワー。

どれもがゾークを圧倒する敵機の一撃は、味方機のコックピットを押し潰していた。

僅か一瞬の間に味方が二機もやられてしまった。

「あ――あぁぁぁ!!」

怯《おび》えて操縦桿《かん》のトリガーを反射で引いてしまうと、ゾークが持っていたガトリングガンが火を噴く。

弾丸は周囲の建物も貫いていくが、気にしている余裕がなかった。

何しろ相手はネヴァンだ。

バンフィールド家が正式配備を進める次世代の量産機は、若い男が乗るゾークとは性能が違いすぎる。

また、乗っているパイロットの質も違った。

「お前らを倒して、俺は英雄になるんだあぁぁぁ!!　バンフィールドの悪魔がぁぁぁ!!」

泣きながら、漏らしながら、若い男はコックピット内で叫んだ。

だが、目の前にいた角突きのネヴァンは、一度跳び上がるとブースターを吹かして急接近してくる。

ガトリングガンを持ち上げるよりも早く、ネヴァンがゾークに接近した。

ゾークのカメラに、ネヴァンの顔が近付いてモニター画面が埋め尽くされる。

「っあ!?」

コックピット内が激しい衝撃に襲われる。

きっと押し倒されたのだろう。

操縦桿を動かすが、ゾークには何の反応もない。

「くそ!　外れを引かされた!」

乗せられたゾークが、欠陥品だったと嘆く。

だが、それを否定する声が聞こえてくる。

立ち上がったネヴァンが、右腕にゾークの腕を握っていた。

握り潰すと、空いた手にレーザーブレードを握らせる。

『機体の責任ではなく、パイロットの技量の問題だ。さて――』

容赦なくレーザーブレードをコックピットに突き刺そうとするネヴァンに、若い男が必死に訴える。

「待ってくれ！　と、投降するから！　逆らわない。約束する！」

死にたくないという一心で懇願するが、ネヴァンに乗ったパイロットの声はどこまでも冷たかった。

『――雑魚に興味はない』

若い男が最後に見たのは、モニターの映像が途切れてコックピット内が暗闇に包まれた後――レーザーブレードの光がコックピットまで届いた瞬間だった。

◇

基地内の砲台を潰し終わると、クローディアのもとに電子戦用のパックを装備した味方機が近付いてくる。

だ」

『隊長、自爆装置の類《たぐ》いは発見されませんでした』

「だろうな。ここは海賊共にとっても貴重な収入源だ。下手に爆破などさせられないはず
基地に自爆装置を置くことで、敵が容易に侵入できなくなるメリットが存在する。

ただ、海賊というのは軍隊ではない。

人間関係のトラブルから、自暴自棄になり基地を自爆させた話など数多く存在する。

そして、簡単に自爆できない装置を設置した時には、こんな話があった。

敵に乗り込まれて自爆を決定したが、操作方法を忘れて自爆できなかった——だ。

また、安易に自爆を選択させるよりも死ぬまで戦わせたい場合もある。

クローディアは、今回はそのケースだと考えていた。

「よし、陸戦隊を降ろせ。プラント内の制圧を任せる」

『我々は周辺の警戒に入ります』

機動騎士では大きすぎて、基地内の制圧には向かない。

ここからは陸戦隊の出番となる。

しばらくすると、メレアから出撃した小型艇三機がプラント内に着地した。

パワードスーツに身を包む兵士たちが、次々に外へ出る。

素早く施設内へと侵入していくと、建物内部での銃撃戦が開始された。

設置された迎撃システムや、武装した宇宙海賊たちを陸戦隊が次々に破って内部へと侵

入していく。

手際の良さにクローディアも気分がいい。

「これで幹部連中を捕らえれば終わりか」

クリスティアナの依頼も達成が見えてきたところで、電子戦用パックを装備した味方機がクローディアに焦りながら報告してくる。

『隊長、基地周辺に敵を確認！』

「外に配置していた部隊か？」

クローディアもレーダーで周囲を索敵するが、ノイズが酷《ひど》かった。

カメラを最大望遠にして敵機を探れば、遠くにゾークが何機も確認できる。

基地を囲むように現れたゾークの数は、一千を超えていた。

「こいつらどこから！」

プラント内の規模から、事前に保有する戦力は割り出していた。

そのため、必要最低限の数だけを用意していたが――敵が想定していたよりも多くの戦力を投入してきた。

そして、基地内で予想外の爆発が起きる。

「何が起きた!?」

『基地内の海賊船が爆発しました。我々ではありません！』

「――自ら退路を断っただと」

信じられない出来事が続く中で、クローディアは決断する。

「内部は陸戦隊に任せる。我々は外の対処だ」

『し、しかし、弾薬が』

「海賊共の武器を調達する。武器のアクセスコードを解析し――」

敵機が武器を使用しないように、使用可能にするにはアクセスコードが必要とされた。

それを解析し、武器を現地調達する。

だが、またも爆発が起きる。

「今度は何だ？」

『――弾薬庫が爆発したようです』

これまでよりも大きな爆発が起きた。

周囲の建物を巻き込んで吹き飛んだその場所は、武器や弾薬が保管されている場所だった。

「我々に武器を奪われないように破壊したのか？」

クローディアは、宇宙海賊たちの予想外の抵抗に裏に誰かがいるように感じ取っていた。

その予感は的中しており、基地内に新たな砲台が出現してくる。

銃口はクローディアたちに向けられていた。

第九話 ▼ 捨て駒

戦場で不思議なことが起きていた。

敵プラントを襲撃したはずの部隊が、何故《なぜ》か防衛戦を行っている。

自らが攻め込んだ敵基地。

破壊したはずの砲台だが、新たな砲台が出現して自分たちを狙っている。

防衛設備も敵に回したまま、ゾークと呼ばれる敵量産機を迎え撃つことになった。

『陸戦隊を呼び戻せ！』

『駄目だ。戻ってきたところで、空に逃げれば撃ち落とされるぞ！』

『厄介な連中だな』

部下たちが乗るネヴァンは、倒れたゾークから奪い取った武器を使用していた。

クローディアの乗るネヴァンも、右腕にガトリングガンを持って近付く敵機を撃破している。

コックピット内で、陸戦隊の指揮官と状況を確認していた。

『外は大変ですね。こっちは幹部数名を拘束しましたよ』

「ならば、貴官らだけでも撤退しろ。捕らえた幹部をクリスティアナ様に届けてくれ」

『そうしたいのは山々ですが、この状況では小型艇に乗っても撃ち落とされますよ。陸路も不安がありますね』

モニターの一部を拡大すると、小型艇を撃ち落とすために光学兵器の砲台を乗せて自走砲が何台も見える。

あらかじめ準備していた敵に、クローディアは苦々しく思う。

「我々で脅威を排除する。貴官らはその隙に突破しろ」

『本気ですか？』

ネヴァンで突撃して、敵の自走砲を撃破する。

そうすれば陸戦隊は小型艇に乗って逃げられるだろうが、ネヴァンの方は数の暴力を前に破壊されるだろう。

不用意に跳び上がり、プラントの壁を越えて内部に侵入しようとしたゾークをガトリングガンで蜂の巣にしながらクローディアが決断する。

「本気だ。それに、死ぬつもりはない。全部倒してしまえば我々の勝ちだ」

海賊に捕らわれるという意味を理解するクローディアとその部下たちは、捕まるくらいなら最初から死を選ぶ。

その際は一機でも多く道連れに、と考えていた。

陸戦隊の指揮官が呆《あき》れつつも、任務を優先するためクローディアの申し出を受け入れようとすると。

『生きて再会したら、秘蔵の酒を振る舞いますよ』

「悪いな。私は下戸だ」

『ハハハ！　それなら、大佐に抱えきれないくらいのキャンディーでも届けさせま――ッ』

通信が「プツッ」と音を立てて途切れると、モニターに強制的に切断されたという文字が点滅していた。

「おい！」

呼びかけるが答えない陸戦隊。

その直後、プラントの中央部分の広場に亀裂が入った。

隠しハッチだったその場所が開くと、円柱状に空いた穴が出現する。

「まだ仕掛けを用意していたのか」

辺境に用意した宇宙海賊たちの兵器プラントにしては、手が込みすぎていた。

あらかじめ用意されていた地下施設は知っていたが、その下にあるのはプラントの電力供給に関わる施設だったはず。

クローディアが今度は何が起きたのかと警戒していると、リフトで持ち上げられた巨大な兵器が出現した。

丸みを帯びたフォルム。

小さな山のようなそいつは、装甲板に幾つもの目を持っていた。

光学兵器を照射するレンズだが、高出力を扱う物だ。

味方の電子戦機が、敵の情報をスキャンして驚愕《きょうがく》していた。

『隊長、あいつ発電機と繋《つな》がっています。見えているレンズは、戦艦に搭載する光学兵器ですよ』

ビーム、レーザー、それら光学兵器の全てが、戦艦に積み込まれてもおかしくない規模の代物だった。

「わざわざあんな物を用意していただと？」

いっそ海賊船でも持って来れば十分ではないか――とは、クローディアも言わない。

そもそも、海賊船であればクローディアたちが撃墜させていた。

敵は基地その物。

基地と一体化し、常にエネルギーを供給されている状態だ。

それに、どうやら現状にピッタリの装備を有している。

この状況では、海賊船――宇宙戦艦よりも厄介である。

電子戦機の解析により、嫌な情報が報告される。

『光学兵器用のフィールドを展開していますね。装甲は――海賊共の粗悪な武器では、とても貫けそうにありません』

外にはゾーク。

内部には大型兵器。

前後を挟まれ、挟撃されることになったクローディアが俯《うつむ》く。

「――私も無能だったか」

『隊長？』

罠《わな》に誘い込まれた気分だった。

自分たちをあざ笑う声が聞こえてくる。

『ようこそ、バンフィールド家の皆さん！　私のもてなしはいかがですか？』

笑いながら話しかけてくる声の主は、どうやら大型兵器の中にいるようだ。

その人物が話している間だけは、海賊たちも攻撃の手を緩める。

「お前がここのトップか？」

クローディアが相手から情報を聞き出そうとすれば、律儀にも答えてくれる。

それだけ余裕があるのだろう。

『アドバイザーですよ。ミスターリバーとでもお呼びください』

「随分と手の込んだ真似《まね》をする」

できるだけ悔しがるそぶりは見せないように心がけながら、クローディアはリバーとの会話を行っていた。

普段は宇宙海賊と取引をしないバンフィールド家の騎士が、話に付き合っているのは異例だろう。

それだけ危機的な状況である証拠だった。

リバーもそれを理解していたのか、手を叩《たた》いて喜んでいる。

『海賊狩りとして勇名をはせたあなた方に、そこまで言われるとは嬉《うれ》しいですね。ただ——あなた方はやり過ぎました。ただの軍隊であれば、ここまでする必要はなかったのですけどね』

「何が言いたい？」

『二年前に滅ぼされたバークリー家は、我々にとってもお得意様でした。あなた方は、海賊だけを相手にしているつもりだったかもしれませんが——他にも恨みを買ってしまったのですよ。だから、こうして罠にはまってしまう』

海賊に対して容赦のないバンフィールド家は、知らない内に色んな組織を敵に回していると語る。

それを聞いたクローディアは、鼻で笑った。

「はっ！　海賊の真似事をする馬鹿を、我々が殺してしまったか？——それがどうした？」

何の問題がある？　そういう態度を取るクローディアに、リバーは少し機嫌を損ねる。

『——この状況で随分と強気ですね。あの小憎たらしいリアムの騎士だけはある。ですが、それもここまで。あの小僧の名声も今日で地に落ちるでしょう』

「どういう意味だ？」

クローディアは敵との会話を録音しながら、目的を探っていた。

リバーは機嫌がいいのか、ペラペラと話をする。

圧倒的に優位な状況にあるのだろうが、まるで危機感がない。

（こいつは何だ？　何かが欠けたような不気味さがあるな）

感覚的にリバーが普通の人間ではないと、クローディアは察してしまう。

『あの小僧の精鋭ともいうべきあなた方が、たかが辺境の海賊に敗北するのです。すぐに首都星に噂《うわさ》は届き、リアムもこの程度だと認識される』

「――お前、まさかそのためだけに？」

『おや？　その程度の話とお考えですか？　いけませんよ。この事実は後に大きな損失をバンフィールド家にもたらします。そのために我々は、辺境に用意したプラントを一つ失っても十分なリターンがあると判断したのですから』

主君の名声を落とすために、わざわざこんな手の込んだことをした。――それを聞いて、クローディアは自分の失態を恥じる。

大型兵器が僅かに動くと、戦闘態勢に入ったようだ。

周囲のゾークたちも攻撃を再開していた。

クローディアは、部下たちに声をかける。

「――全機、覚悟を決めろ」

（また私は部下を失うことになるのか。――私は、どうしようもない無能だな）

◇

プラントから遠く離れた場所。

軽空母メレアは、大気圏からの離脱準備に入っていた。

ブリッジのティム大佐が、帽子をかぶり直している。

「次から次に仕掛けが出てくるとか、敵は手品師か？　拠点防衛用に、あんな兵器まで用意するとは普通の宇宙海賊じゃないぞ」

オペレーターが、そんなティム大佐にためらいがちに確認してくる。

「本当に我々だけで離脱していいんですか？」

「俺たちは最初から数に入っていないだろうが。それに、通信障害も酷《ひど》い。さっさと逃げるのが賢明な判断だ」

「今度こそ、軍をクビになりますね」

「――だな」

(俺の命だけで見逃してもらうとするか)

敵前逃亡で銃殺刑もあり得るのだが、ティム大佐は覚悟を決めていた。

自分が命令したと言い、部下たちは従っただけと押し通すつもりでいた。

全ての責任を背負って銃殺刑を受け入れるつもりでいた。

シートに深く腰掛けて、独り言を呟《つぶや》く。

「何百年も軍にしがみついたが、最後は呆気《あっけ》なかったな」

命がけで戦った時期もあるが、何もかも嫌になって今は軍にいるだけ。

ティム大佐はこれで終わりだと思うと、不思議と気分が楽に――ならなかった。

(何で俺はこんなことをしているんだろうな)

味方を見捨てて逃げる上官を嫌悪した頃を思い出す。

そんな自分が、今は同じことをしている状況が空《むな》しくなった。

ティム大佐が自分の人生について考えていると、オペレーターの焦る声が聞こえてくる。

何やら言い争いをしているようだ。

「だから、もう宇宙に出るって伝えただろうが！　何？　調整が終わった？　だから何だよ！」

「おい、何を騒いでいるんだ？」

ティム大佐が騒ぐ原因を尋ねると、オペレーターが困った顔を向けてくる。

「うちの騎士様が、調整が終わったから出撃させて欲しいって五月蠅《うるさ》くて」

「欠陥機だろ？　何を考えているんだ」

上から送りつけられた欠陥機の話は、ティム大佐も耳にしていた。

酷いことをすると思っていたが、パイロットに選ばれたエマは本気のようだ。

ティム大佐の目の前に、エマの顔が投影された。

『あ、司令！　調整が終わったので、出撃します！』

一瞬驚いて目をむいたティム大佐だが、冷静に却下する。

「――時間切れだ。どうせあいつらは全滅している」

『ラリーさんが確認してくれました。まだ、戦闘が続いているって』

「あの糞《くそ》ガキ」

ラリーのことを糞ガキ呼ばわりするティム大佐は、エマを説得する。

「お嬢ちゃん。お前もクローディアって騎士とは因縁があるんだろ？」

モニターの向こうでエマが顔を伏せる。

その様子から見るに、良好な関係ではないのだろう。

「見捨てたっていいじゃないか。撤退を決めたのは俺だ。お嬢ちゃんの責任じゃない。それに、欠陥機で出撃しなくてすむぞ。いくら出来損ないの騎士だからって、欠陥機を送りつける上は酷いよな。お嬢ちゃんは何も悪くないんだ。だから、無理する必要はない」

『あたしは――』

◇

実験機のコックピット。

操縦桿《かん》を握りしめるエマは、欠陥機と呼ばれる機体に自分を重ねる。

「あたしは――出来損ないだって言われてきました」

『だから、ここは――』

ティム大佐が何を言おうとしたのか？　エマには関係ない。

「でも、あたしは騎士です！　この子も欠陥機じゃありません。あたしが証明してみせます！」

決意が揺るがないと思ったのか、ティム大佐は諦めたようだ。

『そうかい。なら好きにしろ。――俺たちは逃げるぜ』

「ありがとうございます」

通信が閉じると、開いたハッチからモリーが顔を出していた。

「本気なの？」

このまま出撃するかとモリーに問われたエマは、少し無理をして微笑《ほほえ》んで見せた。

「大丈夫。この子と一緒なら頑張れる気がするんだ。それに――【アタランテ】ならやれるから」

試作実験機のモニターに機体名が浮かび上がり、そこにアタランテと表示されていた。

ネヴァン・カスタム――アタランテ。

名付けられた名前を呼ぶと、アタランテのマスクの下にあるツインアイが光を放つ。

出撃準備を進めるエマを見たモリーが、外に出た。

「なら、もう止めないよ」

「ありがとう」

エマがお礼を口にすると、モリーが武装の確認をする。

「それより、アタランテの専用装備以外はどうする？　流石《さすが》に、専用ライフルだけだと厳しいわよ」

武装を問われたエマだが、メレアにある武装はどれもモーヘイブの物ばかりだ。

汎用性の高いモーヘイブの武装は、ネヴァンでも使用可能だ。

「それなら可能な限り積み込みたい。弾薬も沢山お願いね」

今も戦っている味方にも、武器や弾薬を届けたかった。

すると、モリーの後ろからパーシーの声がする。

「ついでに、戦っている味方に武装も届けたいわね」

エマがハッチの外を見て、モリーが振り返った。

二人の視線を受けたパーシーは、顔をコンテナへと向けた。

「この艦から射出したかったけど、迎撃されて届けられそうにないのよ」

コンテナを見れば、ブースターが取り付けられていた。

しかし、今射出しても敵の迎撃システムに破壊されて届かないのだろう。

パーシーが、エマに頼む。

「アタランテで敵の迎撃システムを破壊して頂戴。そうすれば、コンテナを射出できるの」

武器が収納されたコンテナが六つ。

迎撃システムを破壊した後ならば、射出しても問題ない。

パーシーの顔を見ながら、エマが頷《うなず》く。

「やってみます」

「それじゃあ、準備を急がせるわ」

パーシーが作業に加わるため離れていくと、モリーが再び尋ねてくる。

「それで、エマちゃんのご希望は？　うちができる限り揃《そろ》えるよ」

エマの視線が向かったのは、モリーがコツコツと整備をしていた武器たちだ。

「光学兵器は専用ライフルで間に合うから、実弾兵器かな？　それから――モリーのお宝を使いたいの」

モリーがそれを待っていたと言わんばかりの笑顔を見せる。

「ご希望は？」

「アレ、使える？」

明言せずともエマが何を言いたいのか察したモリーは、瞳を輝かせて頷いた。

「いいね。エマちゃんのセンス、嫌いじゃないよ」

エマの注文を聞いて、モリーが離れていく。

アタランテのハッチが閉じると、エマは目を閉じた。

ここまで来れば、もう逃げられない。

外ではモリーやパーシーが、武装の用意を進めていた。

一人になったエマは、これから戦いに向かうという恐怖と闘う。

（怖い――けど――あたしは）

恐怖を押し殺そうとしていると、懐かしい思い出が蘇《よみがえ》ってくる。

それは、バンフィールド家がゴアズ宇宙海賊団を撃破してしばらく経《た》った頃の記憶だ。

◇

エマが幼い頃。

その日、エマはモニターの前を一人で占拠していた。

ダウンロードした動画を何度も再生しては、同じシーンばかりを繰り返し観《み》ていた。

モニターに映っていたのは、成人前のバンフィールド伯爵だった。

凶悪な宇宙海賊たちを自ら討伐した伯爵に、一対一の対談形式で質問している動画だ。

だが、惑星の支配者——貴族である伯爵に対して、質問者はご機嫌を取ろうとする態度だった。

『伯爵が自ら出撃し、宇宙海賊たちを撃退したと伺いました。素晴らしいご活躍に、領民たちの間では伯爵こそが正義の味方であると——』

正義の味方——そう言われた伯爵は、眉根を寄せて不機嫌になる。

その後すぐに苦笑すると、質問者が困惑していた。

『あ、あの、伯爵？』

『それは勘違いだ。俺は——俺のやりたいようにやっただけだ。宇宙海賊共を退治したのも、そうしたいと思ったからだ』

『ですから、それが正義であると――』

『違うな。俺は自分の我を通しただけだ。奴《やつ》らを俺の星に一歩も踏み込ませないと決めたから、自ら出撃したに過ぎない』

『それは正しい行動ではないでしょうか？』

『関係ない。俺は成すべき事を成したに過ぎない』

質問者が戸惑う中、時間が来てしまったため動画はそこで終わってしまう。

幼い頃のエマは、そんな伯爵――リアムの姿を見て瞳を輝かせていた。

「かっこいい！」

リアムの話を聞いた幼いエマは、この星の民を守るために宇宙海賊たちを一歩も入れたりしないという決意だと感じた。

ただ成すべき事を成す――そんなリアムの言葉に心を打たれた。

「あたしも領主様みたいになりたい!!　自分の意志で、みんなを守れる騎士になる!!」

◇

幼き頃に憧れの人が言っていた。
理由なんかどうでもいい――ただ、我を通しただけだと。

（それなら、あたしの今の気持ちは――）

「あたしが戦うのは、この子――アタランテに乗って味方を救いたいから」

一度、目を閉じて操縦桿を握りしめる。

そして目を開けると、瞳の奥に光が宿っていた。

「ここで味方を見捨てて、宇宙海賊たちを野放しにしたら、あたしは胸を張って正義の騎士を名乗れない。憧れた騎士から遠のいちゃうから――あの人に近付くためにも」

エマが覚悟を決めると、タイミング良くモリーが出撃可能であると知らせてくる。

『エマちゃん、いつでもいいよ。ちゃんと帰ってきなよ、正義の騎士様』

先程の決意を聞かれていたのだろう。

エマは少し照れるが、すぐに気を引き締める。

「もちろん。全て救って帰ってくるよ」

『約束だよ。それじゃあ、リフトを移動させるからね』

アタランテを固定していたアームが稼働すると、格納庫もハッチが開いた。

吊《つる》されたアタランテが、外に出される。

空中で吊された状態のアタランテが、出撃するための姿勢を取った。

エマがフットペダルを踏み込んでいくと、バックパックにある二つのブースターユニットが点火する。

追加ユニットのブースターではなく、アタランテが標準装備しているブースターのみを使用する。

「エマ・ロッドマン――アタランテで出ます！」

更にペダルを踏み込むと、アタランテを固定していたリフトが外れて空中に放り出される。

落下しながら、背中に積んだブースターが更に火を噴いて加速していく。

加速していくアタランテは、その勢いを利用して空を飛んだ。

コックピットの中では、エマの体がシートに押さえつけられる。

「っ！――まだまだあああぁぁぁ!!」

アタランテがメレアから出撃すると、コックピット内にパーシーの声が聞こえてくる。

『本当に機体を制御できている!?　凄《すご》い。凄いわよ、ロッドマン少尉！』

歓喜するパーシーの声に対して、エマは苦しい中で僅かに微笑んだ。

第十話 ▼ アタランテ

メレアの格納庫。

アタランテが出撃すると、遠目に様子を見ていたラリーがモリーの側《そば》に近付いてくる。

「あいつ、本当に出撃したのかよ」

呆《あき》れているラリーは、エマの気持ちが理解できないらしい。

そんなラリーに、モリーが近付いて文句を言う。

「同じ小隊の仲間でしょ。あんたもついて行けば」

「無茶言うなよ」

「このまま見捨てるの？」

見捨てるのかと問われて、ラリーは俯《うつむ》いて手を握りしめる。

本人も心のどこかで、エマを心配しているのだろう。

だが、気持ちの折れてしまったラリーが、奮い立つことはなかった。

「僕たちに何ができる？　旧式の装備ばかりで、おまけにクルーはやる気がない。駆けつけたところで、邪魔になるだけさ。いや、無駄死にするだけだよ」

「そうかもしれないけど」

ラリーの話を聞いて、モリーも自分たちでは役に立たないと思ったのだろう。

事実、ネヴァンに乗る精鋭たちが苦戦を強いられる戦場だ。

オマケに数は圧倒的に敵側が有利だった。

旧式のモーヘイブに乗ったメレアの部隊が駆けつけても、時間稼ぎにもならないだろう。

「お前は、あいつに甘すぎるんだよ」

甘いと言われたモリーが、俯いて呟《つぶや》く。

「――友達だから。うちの話を聞いてくれるし、それに頑張り屋だし」

モリーにとって、メレアという艦は悪くない環境だった。

しかし、周囲にはやる気のない大人ばかりで、モリーの趣味に無関心だった。

モリーと話が合う友人というのは、これまでにいなかった。

友達だというモリーに、ラリーはため息を吐《つ》く。

「除隊すれば友達くらいできるだろ。それに、あの手のタイプは長生きできないさ」

未練を断ち切れという割に、ラリーの方もエマを一人で行かせた罪悪感があるようだ。

「――僕たちと一緒に逃げれば良かったんだ」

「ラリー」

落ち込む二人の側に、今度はダグがやって来る。

「本当に行きやがったのか」

「ダグさんまで」

モリーが頬を膨らませると、ダグはアタランテのいない格納庫を見て大きなため息を吐く。

「こんな戦場で頑張ったところで、何になる」

◇

宇宙海賊のプラントでは、ネヴァンたちがまだ戦っていた。

警報の鳴り響くコックピット。

クローディアは、モニターの向こうに見える大型兵器を睨《にら》み付けていた。

まるで山を前にしたような気分にさせられていた。

いくら攻めようとも、揺るぎもしない大型兵器に嫌気が差してくる。

「こんな化け物まで持ち出してっ！」

愚痴が出てきてしまう。

クローディアの乗るネヴァンは、左腕を喪失していた。

右手に専用装備であるビームウィップを握っているが、大型兵器に有効打を与えられていなかった。

大型兵器に乗り込むリバーが、クローディアたちを上機嫌で称賛する。

コックピットで拍手をしているようだ。

『凄いじゃないですか。もう三百機のゾークが撃破されてしまいましたよ。しかも、このビッグボアの装甲に傷までつけるとは驚きですよ。いい映像が撮れましたし、有益なデータまで与えてくれるとは感謝ですね』

大型兵器――ビッグボアの装甲には、僅かに傷がついていた。

クローディアがつけた傷だ。

破壊したゾークの近接武器――実体剣やら戦斧《せんぷ》を拾っては、何度も斬り付けてやった。

だが、先に壊れるのは実体剣と戦斧の方だった。

ビッグボアの装甲板に傷を付けるも、ひっかいた程度に留《とど》まっている。

装甲の隙間、つなぎ目も狙ったが刃は通らなかった。

（ネヴァンの出力でも無理か。せめて、もう少し味方がいれば――有効打を与えられる武装が残っていれば）

そばにいた電子戦機が、ビッグボアのレーザーに脚部を焼かれて倒れ込む。

「っ！」

クローディアにしてみれば、味方が自分の判断ミスで次々に倒れていく。

その光景に、クローディアは心を痛める。

（どこで間違えた。私は――）

もう少し戦力を持ってくれれば。

辺境の治安維持部隊と協力していれば。

もっと入念に準備をしていれば。

――だが、そこまで考えて、全て無駄だと頭を振る。

本隊から戦力を引き抜きすぎると、今度は本隊に支障が出ていたはずだ。

辺境の治安維持部隊にしても、彼らと協力したとしてもこの状況が覆るとは思えなかった。

そして、時間をかけすぎれば――敵に逃げられた。

「私程度では、この状況を覆せなかったか」

もっと有能な騎士を派遣できていれば――それこそ、クリスティアナであれば、今の戦力でもプラントを制圧していただろう。

クローディアは、自分の不甲斐《ふがい》なさを責める。

(結局、私はあの方に相応《ふさわ》しくなかった)

ビッグボアの表面にあるレンズが、クローディアの乗る機体に向けられた。

光学兵器でクローディアの機体を焼くつもりだろう。

『遊びは終わりにしましょうか』

リバーは勝負を決めるつもりらしい。

クローディアも切り札の使用を決意する。

「私たちを舐《な》めるなよ」

せめて、至近距離からの自爆を行い敵にダメージを――と、決断したところで倒れた電子戦機が味方に通信を開いた。

『み、味方が――こんなのあり得ない!?』

部下が錯乱したのかと僅かに気を逸《そ》らしてしまったクローディアだが、その一瞬が命を救うことになる。

クローディアの乗るネヴァンのレーダーも、味方が急速に接近しているのを感知していた。

「ブースター?――いや、こいつはもっと」

メレアに機動騎士用のブースターは残っていなかったはずだ。

それなのに、急速に接近する味方機が存在する。

オマケに、自分たちが使用したブースターよりも速かった。

クローディアは、この状況が信じられなかった。

ビッグボアも気付いたのだろう。

レンズの向きを変更すると、味方が来る方角へ光学兵器を照射する。

『おや?　まだ残っていたのですね。ですが、もう映像は十分に手に入りましたので、相手をするつもりはありませんよ』

幾つものレーザーが照射される。

急接近する機体に絶え間なく放たれていた。

レーザーのいくつかは湾曲し、数千というレーザーが味方機に放たれる。

プラントに用意されたどの迎撃兵器よりも、ビッグボアのレーザーの方が強力で厄介だった。

通信障害でノイズが激しく、やって来るのが味方機であることしかわからない。

そもそもアンノウン扱いだ。

味方であると登録はされているのに、詳しい情報が一切なかった。

何とも怪しい存在だ。

部下たちは味方が無事にたどり着くのは、不可能だと諦めている。

『アレは無理だ』

『たった一機で何をしに来たんだよ』

いっそ逃げてくれれば——それがこの場にいるクローディアたちの願いだったが、不思議なことに味方機は撃墜されないままプラントに接近してくる。

「何だ？」

クローディアが異変に気付くと、リバーは慌てていた。

ビッグボアのセンサーはネヴァンより優秀だったのか、近付いて来る味方機の異様さを見せつけられているようだった。

『どうしてだ。どうして避けられる!?』

ビッグボアが絶え間なく攻撃し続けている中、味方機はほとんど直進するようにプラントまでやって来る。

クローディアはその機体を見て目をむく。

「試作実験機か!?」

目視可能な距離まで来たのは、試作実験機のネヴァンだった。

レーザーやビームを避けるために、幾何学的な機動を行っている。

驚異的なのは、まだ一度も攻撃を受けずにこの場までたどり着いたことだ。

そんなエマの機体は――勢いを殺しきれずに、プラントを通り過ぎてしまった。

「――は？」

通り過ぎたアタランテを見送ったクローディアは、緊張感のない声を出してしまった。

◇

「あああぁぁぁ!!　お願いだから落ち着いてぇぇぇ!!」

アタランテのコックピットの中。

過敏に反応するアタランテに苦戦するエマは、勢い余って目的地である敵プラント上空を通り過ぎてしまった。

すぐに方向転換を行うが、ブースターの出力もあって体にかかる負荷も大きい。

アタランテの制御に苦戦する中、巨大兵器から発射されたレーザーが迫ってくる。

エマはその動きを一瞬だけ視線を動かして全て把握すると、操縦桿《かん》を素早く何度も動かす。

「それでもこの子となら——」

普通の機体ならここで鈍く感じるのだが、過敏すぎると言われたアタランテはエマの反応速度に追従していた。

エマの思い通りに動いている。

「——やれる！」

アタランテがレーザーの隙間を縫うように飛び回り、攻撃を避けていく。

「この子と一緒なら、あたしにだってできる！」

今まで感じた鈍さがない。

どんな機体に乗っても、まるで粘度のある水の中にいるような気分だった。

しかし、今はそれがなかった。

アタランテは、エマの反応速度について来ていた。

水を得た魚のように、エマは難しい機体を手足のように操縦していた。

やや振り回されてはいるが、これまでどんなパイロットが乗っても操縦できなかった機体だと考えれば及第点だろう。

再びプラントに近付くために、今度は高度を下げる。

そして、エマはコックピット内で視線を動かして、未《いま》だに生きている迎撃システムの固定砲台や車両を確認した。

「五——六——沢山！」

途中で数えるのを止《や》めたエマは、アタランテに専用ライフルを構えさせる。

新型動力炉の高出力に耐えるように設計されたライフルは、量産機であるネヴァンが使用する物より大型化していた。

飛び回りながら――エマは操縦桿のトリガーを引く。

コックピット内の映像はめまぐるしく変化しているのに、エマには狙った敵が見えていた。

アタランテのライフルが光を放つと、固定砲台や車両が次々に撃ち抜かれていく。

それを見ていた敵機の通信が聞こえてきた。

『こいつ、あの速度で飛び回りながら狙いやがったのか!?』

『援軍のために、砲台や車両を潰しやがったのかよ!!』

『こいつから先に仕留めろ！』

レーザーやビームを避けながらの芸当に、敵も驚いていた。

アタランテを警戒して優先的に狙ってくるが、すぐにエマはライフルのモードを切り替える。

「ここで負けるわけにはいかない！」

アタランテ用のビームライフルには、複数のモードが存在していた。

連射も可能だが、もう一つは散弾のようにビームを拡散することだ。

散弾モードになったライフルの銃口から、ビームの粒が前方にばらまかれる。

複数のゾークが撃ち抜かれ、膝から頽《くずお》れた。

専用ライフルの威力にエマも驚くが、問題は取り回しの悪さだ。

周囲を囲まれている状況では、少しばかり分が悪い。

「専用ライフルだと取り回しが——だったら！」

アタランテがスピードを殺さず地面に足を触れさせ、土煙を上げた。

そのままホバー走行をするように、地面スレスレを飛びながら専用ライフルを後ろ腰にマウントさせる。

そして、モリーから受け取った武装を両手に持たせる。

ドラム式マガジンに実弾を装塡したサブマシンガンを二丁構えたアタランテが、移動しながら周囲に弾丸をばらまいていく。

襲いかかってくるゾークたちを避けながら、回転して弾丸をばらまいていた。

数が多い敵は、逃げ場も少なく命中する。

『こいつ、何て無茶苦茶な戦い方をするんだよ！』

叫んだ敵パイロットだったが、直後にゾークの頭部が撃ち抜かれて爆発した。

そのまま片脚にも着弾し、バランスを崩して倒れてしまう。

サブマシンガンを使いながら、エマはモリーの整備の腕が確かであると確信した。

「凄《すご》いよ、モリー！　あなたの武器は頼りになる！」

モリーが整備した武器は問題なく動作している。

ただのメカ好きの少女ではなく、モリーは本物の腕を持つ整備士であると実感する。

ドラム式マガジンの弾がなくなると、エマは迷いなくサブマシンガンを投げ捨てた。

代わりに取り出すのは、機動騎士用のショットガンである。

こちらも実弾兵器で、発砲するとゾークの両脚が吹き飛んでいた。

全周囲からゾークたちが押し寄せてきて、更には空に逃げれば大型兵器の光学兵器に狙い撃ちされる。

そんな状況下で、エマは視線を動かして周囲の動きを見ていた。

「こっち！」

（この敵の脚部を破壊してから、次はあっちの敵を狙う）

敵が振り下ろしてきた戦斧《せんぷ》をギリギリで避けると、サイドスカートに収納されているレーザーブレードの柄《つか》を左手に握らせた。

「こっちは得意じゃない――けど！」

レーザーブレードの光る刃が出現すると、そのまま近くにいたゾークの脚部を移動しながら斬り付ける。

アタランテの高出力のエネルギーを受けて、レーザーブレードの出力も上がっていた。

まるでバターでも切るように、ゾークたちが斬り裂かれていく。

エマは剣術が得意ではないが、乱雑に振り回していても敵を次々に斬り裂いていけるのはアタランテの性能のおかげだった。

苦手意識を持っており、レーザーブレードは優先的に使わなかった。

しかし、現状では有効であると判断して、ショットガンの弾が尽きると投げ捨ててレーザーブレードのみで戦う。

「手足を狙えば殺さずに倒せる！」

狙うのは敵の手足。

敵もそれに気付いたのか、アタランテに対して恐怖心が薄らいでいるようだ。

敵が叫ぶ。

『こいつ、この期《ご》に及んで俺たちを殺さないつもりか？　だったら、俺たちが殺してやるぜ！』

両手持ちの大斧《おおおの》を振り回してくるゾークに、エマは一瞥《いちべつ》するとすぐさまアタランテを向かわせた。

振り下ろされた大斧が僅かにアタランテのバイザーをかすめ、ひびを入れた。だが、引き換えにゾークの手足をアタランテのレーザーブレードが切断する。

次々に倒れるゾークにより、周囲の足場は悪くなっていた。

敵は味方を踏み越えながら、アタランテに迫ってくる。

「――そろそろいいかな」

だが、エマの方は目的を達成していた。

ゾークたちが持ってきた車両を破壊し終えており、これ以上は相手をする必要がないと判断する。

「後はタイミングを見計らって空に戻れば」

そのまま地面を滑るように移動し、飛び上がるタイミングを待っていると嫌な予感がしてその場から離れた。

すると、光学兵器が次々にアタランテに向かって降り注いでくる。

「味方ごと!?」

地上にはゾークが密集し、アタランテが倒した敵も倒れている。

そこに、問答無用で光学兵器が降り注いだおかげで、次々に爆発が起きた。

これだけゾークが密集していれば、大型兵器も攻撃してこないだろうと安易に考えていた。

「な、仲間なのに――どうしてこんなことができるの！」

仲間を犠牲にする敵に向かって叫ぶエマだったが、山なりに湾曲したレーザーやビームがアタランテに降り注ぐ。

アタランテは高速で移動しており避けられたが、レーザーとビームが逃げ遅れたゾークたちに降り注いでいた。

光学兵器に貫かれて、ゾークが爆散する。

中にはコックピットを焼き貫かれて、膝から頽れるゾークもいた。

「っ!?」

敵だろうと居たたまれない光景に、エマが顔をしかめる。

レーザービームを発射する大型兵器のパイロットが、強制的にアタランテとの間に通信回線を開く。

『お前は何なんだ！』

敵と思われるパイロットは、随分と焦りと苛立《いらだ》ちが滲《にじ》んだ声で怒鳴るように問い掛けてきた。

敵に何者かを問われると考えていなかったエマは、怒りと興奮から咄嗟《とっさ》に口走ってしまう。

「あたしは——正義の騎士だ！」

正義を名乗ってしまうエマに、敵はからかわれたと思ったのだろう。

『ば、馬鹿にして。第三の機体らしいが、その程度はこのビッグボアの敵ではない！』

ビッグボアが再び攻撃を開始しようとすると、味方との通信が開く。

『ロッドマンこうほ——少尉！』

「クローディア教官!?」

訓練時代の呼び方をしそうになったのは、クローディアが慌てていた証拠だろう。

『手短に話す。奴《やつ》は基地の発電装置と繋《つな》がっている。エネルギーは常に供給されている状態だ。装甲も厚い。機動騎士の使用できる武器では攻撃が通らない。特に光学兵器はエネルギーフィールドを突破できない』

飛び上がって高度を上げたアタランテは、苦戦しているクローディアたちのネヴァンを見る。

（教官たちでもこんなに追い込まれたの!?　あたしなんかじゃ勝てない。いえ——違う。あたしとこの子なら、きっとできる。やってみせるの！）

アタランテはレーザーブレードの柄をサイドスカートに収納すると、実弾兵器のマシンガンに持ち替えた。

「実弾兵器なら可能性が！」

引き金を引くと、弾丸が発射されてビッグボアに攻撃を仕掛けた。

装甲板に当たった弾丸は弾《はじ》かれるが、エマが狙ったのはビームやレーザーを照射するレンズだった。

光学兵器を照射するレンズに弾丸が命中すると、破壊を確認する。

「やった！」

しかし、破壊されたレンズはすぐに排出され、新しいレンズが出現する。

エマはそのまま何度も攻撃して、レンズを破壊するがどれも全て交換された。

「そんなの狡《ずる》いよ！」

咄嗟に叫んでしまうと、焦っていた敵パイロットが落ち着きを取り戻していく。

『無駄なんですよ。レンズの交換などいくらでも可能です。いくら飛び回ろうとも、あなたに勝ち目は——』

勝ち目はないと言い終わる前に、敵の様子がおかしくなった。

『出力の低下？　内部電源に切り替わったのか？　発電機との接続が切れて――』

ビッグボアの動きが僅かに鈍くなる。

その瞬間に通信障害が解除された。

モニターの一部には、陸戦隊の指揮官の顔が映し出される。

そして、端的に結果を報告してくる。

『敵の発電施設を制圧した』

行方不明となっていた陸戦隊は、地下深くに設置された発電施設を制圧していた。

ビッグボアの電力供給が絶たれてしまった原因である。

陸戦隊の無事を知り、クローディアが驚いていた。

『あの状況で地下を目指したのか？』

陸戦隊の指揮官が、僅かに口角を上げて笑みを浮かべていた。

『この程度の修羅場には慣れている。だが、上の化け物には内部電源があるそうだ。十分は持たないそうだが、問題は内部電源が尽きると強制的に自爆することだな。規模はこの基地を吹き飛ばしてあまりあるそうだ』

指揮官のそばには、宇宙海賊の幹部らしき男が倒れていた。

その男からもたらされた情報だろう。

『十分以内に倒せるか？』

倒せるかと尋ねられ、クローディアが答えられずにいると代わりに——。

「やります。やってみせます」

——エマが答えた。

その言葉を聞いて、指揮官が苦笑していた。

『こうなると見越していたのか、それともただの気まぐれか——本当に底の見えないお方だな』

何を言っているのか？　エマもクローディアも理解できずにいると、陸戦隊の指揮官が通信を閉じる。

『健闘を祈る』

◇

プラントの地下。

陸戦隊は捕らえた海賊たちを連れて、地上を目指すことに。

指揮官が歩くそばで、エマにアタランテを届けた女性隊員が話しかける。

「本当に動かしてしまいましたね」

「あんな馬鹿みたいな機体を動かせるのは、うちのボスか一握りの天才だけかと思っていたよ。まさか、あんな娘が操縦するとは思わなかった」

ボスが誰を意味しているのか、周囲の部下たちは全員理解していた。

指揮官は、エマの今後について興味をもったらしい。

「もしかしたら、あの少尉殿はとんでもない化け物かもしれないな」

女性隊員も頷《うなず》いて同意する。

「その時は、彼女に機動騎士を届けたのは自分であると自慢しますよ」

「荷物を届けるように言われた時は疑問だったが、結果を見るとボスの思惑通りになるのか？　あの人はどこまで予想していたんだか」

地上を目指している陸戦隊の面々が、周囲を警戒しながら歩いていると宇宙海賊たちの生き残りが武器を持って現れる。

武装した宇宙海賊たちは、陸戦隊と装備の質という点では同じ程度だった。

それもあって強気になったのだろう。

宇宙海賊の陸戦隊を率いる女性海賊が、大きなライフルを構えて引き金を引く。

「好き勝手に暴れやがって」

銃弾がばらまかれると、周囲の壁や床に穴を開けていた。

捕らえた幹部が泣き叫ぶ。

「俺がいるのに撃つのかよ！」

味方に撃たれたのがショックらしいが、敵の方は関係ないようだ。

「捕まる方が悪いんだよ！　全員、ぶっ殺せ!!」

敵味方関係なく撃とうとする敵に対して、特務陸戦隊の面々は――前に出た。

駆け出した一人――エマにアタランテを届けた女性隊員が、ナイフを抜いて壁を走る。

銃弾を避けながら敵に接近すると、戦闘スーツの隙間にナイフを差し込んだ。

刺したナイフを素早く抜いて、ライフルで武器を向けてくる敵の頭部を撃ち抜く。

その間に、他の隊員たちが残りの敵を排除していた。

生き残ったのは、陸戦隊を率いていた女性海賊一人だった。

すぐに持っていた武器を破壊されると、指揮官が拳銃を向ける。

「お前は幹部か？」

「へ？　いや、その――」

即答できない女性海賊に向かって、指揮官は躊躇《ちゅうちょ》なく発砲した。

頭部を撃ち抜かれた女性海賊が、仰向《あおむ》けに倒れて動かなくなった。

「――よし、先に進むぞ」

何事もなかったかのように進む特務陸戦隊を見ていた宇宙海賊の幹部は、ガタガタと震えていた。

「バンフィールド家は、兵士まで化け物揃《ぞろ》いかよ」

メレアの格納庫。

遠くから様子を見ていたパーシーは、迎撃システムをエマが破壊したのを確認して武器コンテナの発射を決める。

「武器コンテナを発射すると、司令に伝えて」

部下の一人がブリッジに発射許可を求める間、パーシーはアタランテの戦闘データを確認していた。

常人では動かせないはずの機体だが、エマは乗りこなしている。

「天才——いや、異才かしらね？　本当に凄《すご》いわ」

感心していると、様子を見に来たモリーが話しかけてくる。

「エマちゃんはどんな感じですか？」

尋ねられた第三兵器工場の開発スタッフたちは、モリーの行動を煩わしく思っているようだ。

しかし、データに集中しているパーシーが、顔を動かさずに話をする。

「頑張っているわよ」

「良かった～」

胸をなで下ろして安堵《あんど》するモリーは、エマが生きていることを喜んでいた。

パーシーが眉根を寄せる。

モリーの態度に腹を立てたのではなく、戦っているアタランテが専用装備ではなく実弾兵器を使用しているからだ。

しかも、ネヴァン用の装備を使用していなかった。

「どこで拾った武装を使用しているの？　もっとネヴァン用の武装で戦って欲しいのに」

愚痴をこぼしていると、モリーが更新され続けるデータを覗《のぞ》き込む。

「あ、これうちが渡した奴だ。エマちゃん、使ってくれたんだ」

「——何ですって？」

そこでパーシーが、モリーの顔を見ると本人は喜んでいた。

「うちが整備した武器だから、ネヴァン用の装備じゃないんだよね。あ、それで一番凄いのがあってね」

自慢するように話すモリーに、パーシーが天を仰いだ。

「何で余計なことをするのよ」

◇

巨体であるビッグボアは、エマには小さな山に見えていた。

その周囲を飛び回るアタランテに乗るエマは、操縦桿《かん》やフットペダルを小刻みに動かしていた。

暴れ馬のような機体を器用に乗りこなすエマだが、それでも完璧ではなかった。

光学兵器の攻撃を避けるために、機体が小刻みに無理な機動を繰り返している。

僅かに、本当に僅かに振り回され、高出力のレーザーが装甲の表面をかすって焼く。

そして、アタランテの動力炉が生み出す高出力が、自らの関節に多大な負荷をかけていた。

敵の攻撃を避け続けたとしても、自壊する方が先だろう。

「壊れる前に倒さないと」

ヘルメットの中で汗をかくエマは、ビッグボアの装甲にあるレンズが僅かに動いたのを確認して、即座に機体を動かす。

機体をロールさせると、いくつものレーザーを紙一重で避ける。

まるで最初からどこに攻撃が来るのか、知っているように動く。

アタランテは――エマの反応速度についてきていた。

「この子とならきっとあたしは――」

まるで重りから解放されたエマだが、所持しているライフルではビッグボアの装甲は貫けない。

エマは装備を確認する。

「出力が高くてもレーザーブレードは駄目。マシンガンも実体剣も倒しきれるとは思えない。だったら！」

アタランテに持たせていたライフルやマシンガンを捨てさせると、更に左腕のシールドと実体剣もパージする。

軽くなったアタランテは更に加速する。

武器を全て捨てたと勘違いしたのか、味方から心配した罵声が聞こえてくる。

『何してんだよ！』

『武器を全部捨てて、どうやって勝つつもりだよ！』

苛立《いらだ》ちもあるのだろうが、相当に心配しているのが伝わってくる。

ただ、エマもただ武器を捨てたのではない。

左腕には、シールド下に隠していた武器があった。

通常のネヴァンには搭載されない武器は、モリーが用意してくれた切り札だ。

周囲の声に答える暇もなく、エマはアタランテのリミッターを解除する。

操縦席に取り付けられた簡易な装置のスイッチを、右手で次々に切り替えていく。

過剰なエネルギーが全身を駆け巡り、各部から悲鳴のような異音が発生する。

関節からあふれ出たエネルギーにより、放電が起きた。

そして、有り余るエネルギーにアタランテのひび割れたバイザーが耐えきれず砕け散ると、ツインアイのフェイスがさらけ出された。

「すぐに終わらせる！」

◇

クローディアの乗るネヴァンは、襲いかかって来たゾークを斬り伏せた。

海賊から奪った斧《おの》で戦っているのだが、そんなクローディアの視線はビッグボアと戦うエマに向けられる。

放電しながら空を飛び回るアタランテの姿は、まるで——。

『——稲妻』

部下の誰かが呟《つぶや》いた言葉に、それが相応《ふさわ》しいと思う。

だが、武器を捨てたのが理解できない。

「武器を捨ててどうするつもりだ？　我々の知らない武器でも積み込んでいるのか？」

試作実験機であるアタランテに、クローディアも知らない武装が積み込まれていてもおかしくはない。

ただ、それ以上にクローディアは、自分が見抜けなかったエマの才能に驚愕《きようがく》する。

欠陥機と呼ばれた機体を動かすばかりか、性能を引き出していた。

通常の量産機。あるいは、カスタム機を超えた性能を制御している。

それはつまり、エマにはそれだけの才能があったという証拠である。

「私には見抜けず、あの方には見抜けたというのか」

言うなれば異才。

通常の試験では見抜けない特殊な才能だろう。

バランスがおかしく、アシスト機能がない機動騎士を手足のように操縦する才能だ。

アシスト機能が一般的な現代においては、発見されるのが奇跡である。

通常なら、気付かれる前に適性がないと省かれていた。

事実、クローディアはエマを無能扱いしている。

――それをあの方が見抜いて、わざわざエマに適切な機体を送り込んできた。

悔しさと同時に、クローディアには嫉妬の感情もわく。

あの方に目をかけられたのが、自分ではなくてエマだったのが悔しかった。

そんなアタランテに向かって、プラントに乗り込んできたゾークがマシンガンを向ける。

『あいつを撃ち落としてやる！』

宇宙海賊の乗るゾークたちが、不自然な動きを見せるアタランテから先に撃破しようと行動に出る。

そんな敵機に向かってクローディアが機体を体当たりさせると、相手の体勢が崩れた所を狙って斧を振り下ろす。

「余所見《よそみ》をするとはいい度胸だ」

『や、やめ！』

容赦なくコックピットに斧を振り下ろした。

そのまま斧を手放したクローディアは、ゾークからマシンガンを奪い取る。

ネヴァンがマシンガンのグリップを握ると、IDを求められた。

敵に奪われても使用させないためだが、クローディア率いる騎士たちは精鋭の集まりである。

クローディアはすぐにハッキングに取りかかる。

手慣れた動きで、強引にマシンガンを使用できる状態にする。

右腕に持ったマシンガンで、次々現れるゾークを撃破しつつ部下たちに命令する。

「試作機には一機も近付けるな！」

『了解です！』

ネヴァンたちは、アタランテを守るために押し寄せるゾークと戦い続ける。

自分を守るために戦う味方の姿を見たエマが、クローディアたちに語りかけてきた。

『教官⁉』

「お前は自分のやるべき事を成せ！」

エマの才能と、あの方に期待された元教え子に嫉妬はしながらも、それでもやるべきことは間違えない。

『は、はい！』

慌てて返事をするエマに、クローディアは苦笑しながら思う。

（こんな時まで教官呼びをするとは――馬鹿者が）

クローディアは、私心を殺して目の前の敵に立ち向かう。

しかし、武器が足りない。

（くそっ！　ネヴァン用の武装があれば）

敵から武器を奪いながら戦っていたのだが、急に味方が叫ぶ。

『隊長、プレゼントが届きましたよ！』

喜ぶ部下の声に上を見ると、アタランテが迎撃システムを破壊してくれたおかげで武器コンテナが発射されていた。

戦場に武器コンテナが激しい音を立てて落下してくると、ハッチが開いて武器が出てくる。

「このために砲台や車両を優先して破壊していたのか？」

アタランテの不可解な行動理由に納得したクローディアは、右手に持った武器を捨ててネヴァン用の武器――使い慣れたビームウィップを手に取った。

片腕となったクローディアのネヴァンは、アタランテにライフルを向けるゾークを発見する。

『撃ちまくれ！　いくら速かろうが、この数を相手にできるわけが――』

アタランテに向かって射撃している敵機に、クローディアのネヴァンがビームウィップを振り抜くとその頭部を吹き飛ばした。

「舐《な》めるなよ、宇宙海賊共が」

片腕となったクローディアのネヴァンが、ビームウィップを振り回して周囲の敵を次々に倒していく。

クローディアだけではない。

他のネヴァンも武器を得ると、宇宙海賊たちが乗るゾークに攻勢をかけていた。

『あの実験機を破壊させるな！』

『意地を見せろ！』

『武器さえあれば、てめぇら海賊に負けるかよ！』

先程まで苦戦を強いられていた味方が、アタランテを守るために奮戦していた。

それはクローディアも同じだ。

コックピット内では、様々な警報が鳴り響いている。

しかし、口角を上げて笑みを作ると目の前の敵に向かって駆け出した。

既にスラスターの推進剤も枯渇し、空を飛ぶこともできない。

だが、それでも――。

「誰が、誰に手を出すって？」

――迫り来る敵に向かっていく。

ビームウィップが一振りされるごとに、敵機は複数まとめて吹き飛ばされていた。

そんなクローディアに、角が付いたゾークが迫ってくる。

左手に装備した盾を前に出して、槍《やり》を持った右手を下げている。

クローディアに槍を突き立てるつもりで突進してくる。

その攻撃は捨て身であり、相打ちを狙ったものだった。

「いいぞ。それくらいの気概は見せてもらわないと、こちらも歯応えがない！」

ビームウィップが敵機に襲いかかると、巻き付いた。

ビームの光に捕らえられたゾークは、そのまま締め付けられて――機体をバラバラにされてしまう。

爆発が起きると、周囲のゾークたちがたじろいでいた。

ボロボロになりながらも戦い続けるネヴァンを見て、恐怖しているのだろう。

「今更怖《お》じ気《け》づいたか？　貴様らが誰を敵に回したのか、私が直々に教えてやる。バンフィールド家の名を軽く見た報《むく》いを受けろ」

味方に守られたアタランテは、地面に着地すると勢いを止められずスライディングをしたような状態になった。

そして、関節から発生する放電現象が更に強くなっていく。

◇

アタランテのコックピット内。

関節を中心に、機体が高出力に耐えきれないと知らせるため警報が鳴り響いていた。

警報の音がうるさく鳴り響いているが、気にしている余裕がない。

そんな状態でエマは、降り注ぐレーザーの雨をかいくぐりながらビッグボアへと接近する。

至近距離まで接近したことで、レーザーやビームが機体に当たるが装甲を赤くするだけで貫けていなかった。

ネヴァン同様。いや、それ以上に特殊な加工がされた装甲は、光学兵器への対処も備わっていた。

それでも、攻撃を受け続けるのは非常にまずい。

「アタランテを舐めるなぁ！」

ここで引いたら負けるという思いから、エマはアタランテを前に進めてビッグボアに接触する。

触れるほどの距離に来たことで、光学兵器の射程圏から外れた。

代わりに、ビッグボアの腹部に用意された機関銃が火を噴く。

ただ、アタランテの各部から放電するエネルギーがバリアの役割を果たし、弾丸の向きがねじ曲がって逸《そ》れていく。

弾丸はアタランテに届かず、無駄弾になっている。

そして、接触したことで通信回線が開いた。

モニターの一部に敵パイロットの姿がハッキリと映し出される。

そこには、パイロットでありながらスーツ姿の男が映し出されていた。

戦場には不釣り合いな恰好《かっこう》をした男は、目を見開いて笑っている。

『たった一機で何をするつもりですか？　もう結果は見えています。残り数分で、このビッグボアはあなた方を巻き込んで大爆発ですよ』

内部電源が切れるタイミングで自爆すると知りながら、男は平然としていた。

自分が死ぬことを考えていない男の態度に、エマは気持ち悪くなる。

「何で笑っていられるの」

アタランテはビッグボアを押すような形になるが、大型兵器の相手は質量差もあってビクともしていなかった。

恐怖心を見せない男に対して、エマは問い掛ける。

「自分も死ぬのに、どうして怖くないの！」

エマは死ぬのが怖かった。

騎士は死など恐れず、名を惜しんで戦えという武人気質《きしつ》の騎士も多い。

しかし、エマは死ぬのが怖い。

それでも前に出て戦うのは、自分の後ろに守るべき人たちがいると理解しているからだ。

この場にはいないが、自分は騎士――バンフィールド領に住む領民たちを守る義務がある。

その思いと憧れが、エマをここまで突き動かしてきた。

ただ、目の前の存在は異質すぎた。

『私はとっくに死を乗り越えています。私はミスターリバー。何度でも蘇《よみがえ》る不滅の営業マンですよ』

冗談めいた自己紹介だが、この場の雰囲気もあって非常に噛《か》み合っていない。

それが男に対して抱いた恐怖心を更に大きくする。

「乗り越えたですって？」

何かしらの技術を使って、何度でも蘇る不滅の存在と言いたいのだろう。

本来、そのような技術は、多くの星間国家で使用を禁止されていたはずだ。

それを使える立場にあるということだろうが――だからと言って、戦場で好き勝手にされてはたまらない。

死を乗り越えたと語るリバーに、エマは強い嫌悪感を抱く。

「そうやって一人生き残れるからって、他の人の命を何だと思っているの！」

味方であるはずの宇宙海賊の命すら、リバーは安い消耗品のように扱っている。

それがエマには許せなかった。

『命？　替えのきく消耗品ですよ。人など資源の一つに過ぎません。それは、戦場に身を置くあなた方も同じはずです』

「違う！　あたしたちは消耗品だなんて思ってない！」

即座に否定するが、リバーはそれを受け入れなかった。

『違いませんよ。特に、あなた方の主君は顕著ですね。貴族こそ、人の命を何とも思わない人種です。人の命は自分たちのために存在すると、本気で信じている方々ですから』

それを聞いて、エマは激高する。

憧れのあの人を貶《けな》されて、頭に血が上るのを感じた。

操縦桿《かん》を握り、押し出す力が増した気がする。

――アタランテが徐々にパワーを上げていく。

「あの人は違う！　あの人を馬鹿にするな！」

思い出されるのは、ハイドラに凱旋《がいせん》した時のアヴィドの姿だ。

宇宙海賊たちが攻め込むと、自ら出撃して敵を撃ち破った。

多くの命を救った名君にして英雄の姿を思い出すエマは、リバーの言葉を受け入れられなかった。

しかし、リバーは主君――リアムこそが命を軽んじていると断言する。

『バンフィールド伯爵も同じですよ。彼こそ命を軽んじている。真に人の命を大事にする者ならば、海賊たちを容赦なく殺したりしません』

「っ！」

リバーの言葉を一瞬否定できなかったエマだが、操縦桿を力の限り押し込む。

「お前が――あの人を語るなぁぁぁ!!」

エマの気持ちに呼応するように、アタランテの放電現象が更に激しくなった。

同時に、パワーが上昇していく。

バックパックのブースターが点火すると、アタランテの後ろにあった瓦礫《がれき》を吹き飛ばしていく。

ブースターの力も借りて、アタランテがビッグボアを押し上げていく。

そのまま持ち上げるように押し上げると、ビッグボアが傾き始めた。

これにはリバーも驚いている。

『な、何をしている⁉』

アタランテの背負ったブースターの炎が更に勢いを増していくと、ビッグボアの巨体を持ち上げ始めた。

この展開は、リバーも予想外だったのだろう。

機体が傾いていくと、コックピットの中で狼狽《うろた》えていた。

エマはビッグボアを睨《にら》み付け、自分に言い聞かせるように叫ぶ。

「あたしは――あの人みたいな――正義の騎士になるんだぁぁぁ‼」

アタランテのツインアイが強い輝きを放つと、ビッグボアを持ち上げてしまった。

片側が持ち上げられたビッグボアは、バランスを崩してしまう。

まるでひっくり返った亀のように腹の部分を見せるが、そこは本来ならば敵からの攻撃を想定していない部分だ。

装甲板は用意されているが、それでも貫けない程に厚くもない。

ただ、光学兵器対策はされており、アタランテの専用ライフルでは貫けない。

そして、内部にある自爆装置だ。下手に破壊すれば誘爆してしまう恐れがあった。

味方が解析した自爆装置のタイプをエマが確認すると、光学兵器よりも左腕に装着した武器が有効であると判断する。

（コックピット部分を貫きさえすれば、自爆は避けられる！）

ビッグボアをひっくり返したアタランテは、そのまま腹の部分を左手で殴りつけた。

手ではなく、左腕に装着した武装がビッグボアの腹に突き刺さる。

エマは操縦桿のトリガーを引いた。

すると、杭《くい》を包み込んでいた筒に取り付けられた装置が開く。

まるで弓のような形に開いた二本の棒に、アタランテから供給されたエネルギーからバチバチと電気が発生する。

パイルを撃ち出すためのエネルギーを溜《た》め込む方式だったが、アタランテから流れ込んだ過剰エネルギーによってパイルが黄色い光の杭となった。

「貫けぇぇぇ!!」

パイルバンカーが杭を発射すると、ビッグボアの腹に深々と突き刺さった。

発生した衝撃により、ビックボアの装甲板が大きくへこんでしまう。

発射された杭は、そのまま奥まで突き刺さり――内部に到達すると金属色の杭が赤く

光って爆発する。

内部にいたリバーは、パイルバンカーに驚いていた。

『そんな時代錯誤の武装をどうし――ッ』

ぷつりと回線が途切れるほんの一瞬だけ――エマは、リバーが肉塊になり弾《はじ》け飛ぶ姿を見てしまった。

「っ!?」

アタランテが空へと舞い上がると、ビッグボアの内部から爆発して腹に空いた穴から火を噴いていた。

その様子を見ていたクローディアが、電子戦機に自爆装置について確認を取る。

『解析急げ！』

『――自爆機能は動いていません。ちょっとヒヤヒヤしましたよ』

どうやら、自爆機能を作動させずに破壊できたらしい。

エマは全てが終わったと思って安堵《あんど》する。

すると、アタランテが限界を迎えて関節部から煙を出していた。

「へ？　あ、あれ!?　お、落ちちゃうよぉぉ！」

機体が落下すると、それを受け止めるのはクローディアのネヴァンだった。

片腕で落下してきたアタランテをしっかりと受け止めている。

そして、接触により回線が開くと、クローディアの姿が映し出される。

随分と疲れた顔をしていたが、最後に落下したエマに呆《あき》れた声で言う。

『最後に面倒をかける』

しかし、その顔は微笑《ほほえ》んでいた。

クローディアが笑っているところなど、一度も見たことがないエマが目をむく。

「教官！」

『大佐だ。今は教官ではない』

「は、はい」

最後の最後に注意されたエマは、恥ずかしくて俯《うつむ》く。

そんなやり取りをしていると、宇宙海賊たちが乗るゾークが集まってきた。

『――あの糞《くそ》野郎は死んだが、お前らだけでも』

海賊たちが自分たちを囲む状況に冷や汗をかくエマだったが、アタランテのレーダーが味方の接近を知らせていた。

味方は軽空母――メレアと表示されている。

「嘘《うそ》でしょ!?　来てくれたの!?」

逃げたと思ったメレアの出現には、エマも驚いてしまった。

軽空母がプラント上空に現れると、そこからモーヘイブが次々に降下してくる。

その姿を見て、生き残った海賊たちは慌てていた。

『まだ戦力を残していたのかよ!?』

現れたメレアやモーヘイブを見ても、まだ戦うつもりのようだ。

しかし、駆けつけたのはメレアだけではなかった。

エマは、アタランテのレーダーが感知した味方の反応に驚く。

「宇宙からも来るの!?」

エマが天井を見上げると、宙には大気圏を突破してくる何隻もの戦艦が見えていた。

一隻や二隻ではない。

数百隻という艦艇が、次々に大気圏を突破して降下してくる。

それはクローディアが率いていた本隊だった。

『来てくれたか』

宇宙戦艦から次々にネヴァンが出撃し、降下してくるとゾークたちに攻撃を開始した。

クローディアの乗る機体と同じく、角を持つ灰色のネヴァンが近くに降下してくる。

『遅くなりました』

アタランテを抱きかかえたクローディアのネヴァンの周囲には、数十機のネヴァンが降りたって警戒をする。

クローディアは、味方の登場に無表情ながら僅かに優しい声で返事をする。

『いや、助かった』

しかし、周囲では凄惨な光景が広がっていた。

逃げ惑う海賊たちの乗るゾークを、翼を広げたネヴァンが追い回して次々に撃破していく。

そこに慈悲などなく、徹底的に破壊していた。

背中を見せたゾークに、翼を広げたネヴァンが容赦なく襲いかかりコックピットに実体剣を突き立てていた。

エース級のパイロットたちは、まるで競うようにゾークを破壊している。

これまでと違う圧倒的な光景を前に、エマはようやく終わったのだと安堵のため息を吐《つ》いて——リバーという男の最期の瞬間を思い出す。

ヘルメットのバイザーを開けると、口元を両手で押さえた。

自分が殺した敵の姿——しかも、死ぬ直前の顔を思い出したエマは、胃の中の物を全て吐き出してしまった。

メレアの格納庫。

モーヘイブにより運び込まれたアタランテを前に、モリーが頭をかいている。

「これ修理できるのかな？　左腕は取り替えないと駄目っぽいし——というか、一度の出撃で特機をここまで駄目にするとは思わなかったわ」

左腕は特に酷《ひど》く、修理よりも取り替えるべきと考えているようだ。

機体のチェックを行うパーシーや、第三兵器工場の関係者たち。

コックピットの掃除を手短に終わらせたパーシーたちは、エマの操縦記録を見て引きつった顔をしていた。

「——信じられませんね」

パーシーの言葉が、関係者全員の気持ちを語っていた。

次々に機材を持ってきて接続すると、嬉々《きき》としてデータを採取していた。

アタランテをたった一度の出撃で壊してしまったわけだが、自壊させずに乗りこなしたエマに感心しているようだ。

「ロッドマン少尉の実力は本物でしたね」

興奮するパーシーたちを眺めるモリーは、ため息を吐く。

自分では修理できないと判断して、アタランテから離れるとダグを見つけた。

「あれ？　ダグさん、仕事は？」

「――終わったよ。最悪の気分だ」

捕らえた海賊たちに関しては、幹部以外は必要ないと判断された。

そこから始まったのは、投降を認めない一方的な殺戮《さつりく》である。

バンフィールド家は宇宙海賊に容赦しない――それを見せつけられたダグの顔色は悪かった。

クローディア率いる部隊が全ての片付けを行っているため、メレアの部隊は母艦に引き返した。

モリーも外で何が行われているか知っているため、その表情は僅かに曇っている。

そして、アタランテを見上げた。

「エマちゃん、大丈夫かな？」

この場にいないエマを心配するモリーに、ダグは俯きつつ頭《かぶり》を振る。

「きついだろうな」

◇

メレアに横付けされた戦艦に訪れるのは、シャワーを浴びて軍服に着替えたエマだった。

目の下に隈《くま》を作り、青白い顔をしている。

胸の辺りがモヤモヤして気持ち悪く、輝いていた瞳は僅かに曇っていた。

(気持ち悪い)

コックピットで吐いてしまったエマだが、激しく揺さぶられて気持ち悪くなったわけではない。それも理由の一つではあるが、一番の要因は別にあった。

フラフラと艦内の通路を歩くエマの横を通り過ぎるのは、この戦艦の乗組員だ。

「今の少尉が噂《うわさ》の？　結構可愛《かわい》いじゃないか」

「誰かが稲妻って呼んだらしいぞ」

「そいつはいい二つ名だ」

笑いながら通り過ぎる二人の声を聞くエマは、気にする余裕もなかった。

向かう先は元教官であるクローディアの部屋。

(どうして呼び出されたのかな？　やっぱり、機体を壊したから叱責だよね？)

試作実験機であるアタランテは、量産機のネヴァンよりも莫大《ばくだい》な予算がかけられている。

それを破壊したとなれば、叱責も仕方がない。

フラフラと目的地にたどり着いたエマは、ドア横にあるスイッチを押す。

すると、指紋や網膜が確認された。

すぐにドアの一部がモニター代わりになり、部屋にいるクローディアを映し出す。

「クローディア大佐、エマ・ロッドマン少尉であります」

『――入れ』

入室を許可すると、ドアが自動で開いた。

エマが「失礼いたします」と言って中に入ると、部屋の中は重力が違った。

トレーニング中のクローディアは、部屋の中の重力を増やしていた。

自室にそれだけのトレーニング設備があるのを知り、エマは「大佐って凄《すご》い」と素直な感想を抱く。

(大佐になると、自室に高級なトレーニング設備が用意されるんだ。でも、ちょっときついかも)

体調の優れないエマには、部屋の環境は厳しかった。

エマの体調を察したクローディアが、重力を通常に戻す。

トレーニングウェア姿のクローディアは、長い髪をポニーテールにまとめていた。

上はタンクトップで、下はスパッツだ。

エマが来るまでにかなり追い込んでいたのか、汗だくで息を切らしている。

(戻ってきたばかりなのに、もうトレーニング?)

事後処理は部下たちが引き継いだのか、クローディアは戻ってくるなりトレーニングを行っていた。

「大佐、戻ってくるなりトレーニングですか?」

「――部下たちが休めと五月蠅《うるさ》いからな」

「体を休めた方がいいのでは？」

「この程度で音を上げるようなら、私は騎士を引退する」

休めと言われたのにトレーニングをするクローディアが、エマは信じられなかった。

トレーニング機器のベンチに腰掛けるクローディアが、エマを見据えている。

戸惑うエマは、クローディアに用件を尋ねる。

「あ、あの」

「──エマ・ロッドマン少尉。私はお前と話がしたかった」

「へ？」

話がしたいというクローディアは、エマにその辺に腰掛けるように言って座らせる。

そして、向かい合うと今日の戦闘について──それから、初陣についても話をする。

「私は貴官の評価を間違っていた。訂正し、謝罪しよう。──すまなかった」

どこか自分を責めるような表情をしたクローディアに、エマは慌てて否定する。

「い、いえ、あの！　あたしはアタランテを壊してしまいました。やっぱり駄目な騎士です」

否定するエマだったが、クローディアは機体を破壊したことを責めない。

「状況を考慮すれば仕方がない。謙遜する必要はないぞ。あの機体を手足のように操り、そして──あの戦場で最大の脅威である敵を殺した貴官は立派なバンフィールド家の騎士だ」

敵を殺したと言われ、エマの顔から血の気が引く。

エマがコックピットで吐いた理由は、敵を殺してしまったという自覚があったからだ。

僅かに震えるエマを見て、クローディアは話題を変える。

「貴官は私に、リアム様のような正義の騎士になりたいと言ったな」

「――はい」

あの時は、激高したクローディアに殴り飛ばされてしまった。

しかし、今のクローディアは落ち着いていた。

「貴官が何を目指そうと、バンフィールド家の不利益にならなければ私は止めない。だが、あの方を無邪気に正義と呼ぶ貴官は、真実を知らなければならない」

真実を知れと言われ、何故《なぜ》かリバーの言葉が思い出される。

リアムも自分たちと同じく、命を軽んじる存在である――という言葉だ。

クローディアは、エマにリアムの話を聞かせる。

「私はバンフィールド家に仕えるようになってから、あの方のそばで何度も戦ってきた。あの方は、一度も自分を正義などと語ったことはない。むしろ、逆だ」

「え？」

「自分は悪党である――そう言われた」

領民が名君と慕うリアムが、自ら悪党であると公言しているのがエマには信じられなかった。

「嘘《うそ》です。だって！」

「事実だ」

憧れた存在が悪であったなど、エマは受け入れられなかった。

反論しようとするエマに、クローディアが「話は最後まで聞け」と遮る。

「あの方は十歳で人を殺している。最初に斬ったのは汚職役人の一人で、公式記録にも残っている」

「き、聞いたことはありますけど、ただの噂だと思っていました」

リアムが汚職役人を斬り殺したという噂は流れたが、領民たちの間ではきっと部下がやったのだろうと言われていた。

その後にリアムは、汚職役人を一掃している。

その苛烈さに、噂が一人歩きしているのだろう、と。

「真実だよ。まだ幼子が、汚職役人を斬り捨てた。これを貴官はどう思う？」

問われたエマは、リアムらしいエピソードの一つと認識する。

「汚職役人の存在を許せなかったのかと」

「単純な貴官が羨ましいよ」

僅かに微笑《ほほえ》むクローディアに、馬鹿にされたと思ったエマはショックを受ける。

クローディアは、今度は軍事の話をする。

「私はバンフィールド家の軍拡に際し、その編制にも途中から関わっていた」

急に話を変えるクローディアは、メレアに乗る軍人たちに対して素直な感想を口にする。

「私はメレアにいる旧軍の奴《やつ》らを全員除隊させるべきと進言した。バンフィールド家には不要だと思っていたからな」

エマは俯《うつむ》いてしまう。

すると、クローディアは旧軍が残った理由を教える。

「除隊させる方向で話が進む中、一部のまともな旧軍の連中に温情を示したのがリアム様だ」

「え？」

「貴官が配属された部隊は、温情を与えられた部隊ということさ。——あの方は優しすぎる」

僅かな間にメレアに乗っていた身からすれば、同情心からクローディアの判断が冷たすぎるように思えた。

「あの人たちの心が折れたのには、理由があります」

「知っている。これまで中核を担っていた彼らが、主導権を奪われ辺境に追いやられた。思うところがあっても仕方ないだろう」

「知っていたんですか？」

「当たり前だ。リアム様とクリスティアナ様は、それを考慮して軍に残るなら比較的安全な辺境の治安維持部隊を編制された。あいつらにとっては左遷先だろうが、上層部からすれば旧軍への温情の一つだよ」

バンフィールド家はリアムへ代替わりすると、そこから数十年で中核を担う軍人たちが総入れ替えされた。

そのことを面白く思わない軍人たちがいるのも理解していた。

ただ、クローディアはそれが許せなかったらしい。

今でも除隊させるべきだったと考えているようだ。

「それすら理解できないあいつらが、私は許せなかった」

「どうしてですか？　あの人たちも頑張って――」

「幼子が修羅の道を歩む中、自分たちは追いやられたといじける無能共のことか？」

クローディアは、リアムの幼少期を聞いて涙した話をする。

「あの方は貴官から見れば正義だろうが、一度だって正義を名乗らなかった。知っているか？　あの方は五歳の頃に爵位と領地を両親に押しつけられ、ハイドラに置き去りにされているんだぞ」

リアムが五歳の頃に爵位と領地を引き継いだのは、エマも知っている事実だ。

だが、当たり前すぎて深く考えたことがなかった。

幼子の頃から名君扱いを受けていたリアムだ。

才覚があったから譲られたのだろう――そう考える者は少なくない。

「当時のハイドラは酷《ひど》い状況だった。軍人は役立たずで、役人のほとんどが賄賂《わいろ》や横領を当然と考えていた。そんな中、頼りになるのはそばにいた者たちのみ。――どれほど苦労されたか、貴官に想像できるか？」

改めてリアムの状況を教えられると、エマには何も答えられなかった。

自分ならば、その状況から今の結果を導き出されただろうか？　と。

クローディアは、メレアの部隊が嫌いな理由を語る。

「改革が進む中で、リアム様を亡き者にしようとする馬鹿共は大勢いた。旧軍の奴らの中には、クーデターを計画していた奴らもいたからな」

「え!?」

エマは、知らされていなかった事実に、驚愕《きようがく》して目を見開いた。

クローディアは、当時の話をする。

「領民が幸せになるよりも、個人の利益を優先した馬鹿共だ。メレアの連中は比較的まともな部類だろうが、我々から見れば拗《す》ねた子供だな。――考えたことはあるか？　僅か十歳の子供が、その手で人を殺した意味を？」

クローディアの視線は、初めて人を殺したエマに問い掛ける。

人殺しを経験したエマは、はじめて真の意味で理解できるようになった。

「――っ」

ただ、言葉が出て来なかった。

自分が憧れていた存在が見えていなかったと、エマは実感させられる。

「あの方が自分を悪だと公言するのは、領地を繁栄させて領民を守るためなら悪党になる覚悟を持っているからだ。それを、十歳の幼子に決断させて――旧軍の奴らは切り捨てられたとほざく。笑えるだろ？　リアム様の温情で軍人として生きていけるのに、本人たちは切り捨てられたと思い込んでいるんだからな」

エマが答えられずにいると、クローディアは興奮した感情を抑え込むために両手で顔を隠していた。

指の間から、今にも涙を流しそうな潤んだ瞳が見えている。

「私もあの方が間違っているとは思わない。だが、自ら正義を名乗られたことは、一度としてない。――あの方を目標とするならば、せめてあの方の覚悟くらいは知っておけ」

エマが俯いて、か細い声で「はい」と呟《つぶや》くと――クローディアが立ち上がる。

そして、その肩に手を置いた。

「貴官がいなければ、我々は死んでいた。気に病むなとは言わないが――救った命もあると覚えておけ」

「――はい」

涙を流すエマを、クローディアは責めなかった。

エマに優しく語りかける。

「本星に帰還せよと命令が出た。我々も貴官らも、一度ハイドラに戻ることになる。――その時に、貴官の評価を改める。貴官の才能を見抜けなかった私のミスだ。配属先に要望があれば、私に言え。以上だ」

「ありがとうございます」

「いいさ。——悪かったな、ロッドマン少尉」

微笑を浮かべて謝罪するクローディアの顔を見て、エマは少し驚いていた。

「教官——大佐も笑うんですね」

「私を何だと思っている？　笑いもするし、泣きもするさ。——部下たちの前では絶対に見せないだけだ」

鉄面皮《てつめんぴ》なのは部下たちの前だけだ、と言われてエマは気付く。

クローディアはエマを部下として見ていないのだ、と。

悪い意味ではなく、クローディアの中でエマは無能な騎士候補生ではなくなり、一人前の騎士として見られているようだ。

エマの中で、ようやく一区切りがついた。

(何だか、やっと無事に卒業できた気がする)

話が終わると、エマは退出しようとして——部屋の隅にあるベッド脇に置かれた人形を見つける。

「あれ？」

隠し忘れた人形を見られたクローディアは、耳まで赤くしながら無表情でエマに詰め寄った。

「――貴官は何も見ていない。いいな？」

「え？　あの」

「何も見ていない。そうだな？」

ベッドに人形を持ち込むなど、普段のクローディアからは想像できない。

しかし、エマはその人形に見覚えがあった。

「えっと、その人形は、リアム君人形ですよね？」

リアム君人形とは、バンフィールド伯爵であるリアムをデフォルメして作った人形のことだ。

正式名称がリアム君人形であるため、リアム君と呼んでも不敬にならない。

クローディアが、視線を逸《そ》らしながら肯定する。

「――そ、そうだ」

「あたしも持っていますよ！」

自分も持っていると言い、端末で画像を見せようとするとクローディアが腕を組む。

エマが持っているはずはない、と決めつけた態度だった。

「馬鹿を言うな。これは、お屋敷にある秘密の売店で売られたレア物で、一般には流通しない品だぞ。リアム様は、自身を模した商品にはとても厳しくて簡単には許可を出されない。この人形もお屋敷内での販売のみを許可された数少ない――」

「あ、これです！」

エマが画像を見せると、クローディアは食い入るように画像を見る。

驚いて目をむき、そして体が震えていた。

「これをどこで手に入れた!?」

クローディアが驚いたのは、自分と同じリアム君人形——リアムをデフォルメした小生意気そうな目つきの悪い人形が映っていたからだ。

しかも、金色のサインまで書かれている。

クローディアの異変を気にせず、エマは入手経緯を話す。

「知り合いのお爺《じい》ちゃんからもらいました。サインは誰の物か知りませんけど、落書きですかね？　これ、落ちないから困っていて」

殴り書きされたようなサインが、誰の物かエマは知らなかった。

頭をかいて笑っているエマに、クローディアが両肩をかなりの力で摑《つか》んだ。

「痛い。痛いです、大佐!?」

「エマ・ロッドマン少尉。貴官は幸運だ。私から助言をやろう。そのサインは絶対に消すな。後悔するぞ」

「え？　あ、はい」

「——以上だ」

項垂《うなだ》れるクローディアを、エマは不思議そうに見ていた。

こうして、エマとクローディアの会話が終わった。

エピローグ

メレアの格納庫には、壊れたアタランテがアームに吊《つる》されていた。

手足を外され、頭部と胴体のみの姿になっている。

そんなアタランテを見上げるのは、クローディアの母艦から戻ってきたエマだ。

ボロボロの姿になったアタランテを見上げて、目に涙をためている。

「壊してごめんね。でも、本当にありがとう。君のおかげで、あたしはまだ戦えるって気付いたよ」

機動騎士の操縦が下手な駄目騎士だと思っていた自分が、アタランテのおかげで立派に戦えた。

ただ、特機にのっての活躍は、大して評価されないかもしれない。

特別な機体に乗らなければ、活躍できないというのは大きなデメリットだ。

それでも、自分が騎士として存在していいのだと教えてくれたアタランテに、エマはお礼が言いたかった。

だが、苦笑したエマは、俯《うつむ》いて弱気になってしまう。

「君がいなくても戦えるといいんだけどね。――ボロボロにしちゃったから、それも難しいかもだけど」

試作実験機を一度の実戦投入で大破させてしまった。

修理されたところで、次の出撃で壊さないとも言い切れない。

一度の出撃で壊れてしまう試作実験機に、バンフィールド家も第三兵器工場もこれ以上の投資はしないだろう。

それくらいのことは、エマにも理解できていた。

エマ一人のために、わざわざ高価な機体を維持するのは無駄だ。

今回の戦いで活躍はしたが、それなら量産機のネヴァンで部隊を編制する方がいい。

実際、試作実験機アタランテを一機製造するコストは、量産機であるネヴァンの中隊を用意するコストと同じだった。

管理や維持コストを考えると、アタランテの方が更に大きな負担になるだろう。

エマはアタランテを前に呟く。

「ずっと君に乗れたらいいのにね。そしたら、あたしも少しくらい役に立てるのに」

出来損ないと呼ばれた自分でも活躍できるのに。

無駄だと理解していても、エマはどうしても考えてしまう。

一人落ち込んでいると、カツカツと足音が聞こえてくる。

顔を上げて、足音の方を見ると、そこには微笑《ほほえ》んでいるパーシーの姿があった。

「随分と気に入ってくれたようで嬉《うれ》しいわね」

どうやら独り言を聞かれていたらしい。

顔を赤くするエマが、技術少佐という階級を持つパーシーに敬礼する。

正確に言うならば、パーシーはアルグランド帝国の軍で少佐という階級を持っている。

エマが所属しているのはバンフィールド家の私設軍であり、厳密に言えば二人の間に上下関係は存在しない。

しかし、帝国軍所属の技術少佐と、私設軍の新米少尉だ。

帝国軍に所属する軍人の方が偉い、という風潮もあってエマが緊張している。

「見苦しいところを見せて申し訳ありませんでした」

「開発責任者としては嬉しい反応ですよ」

パーシーがエマの隣に立つと、アタランテを見上げて腕を組む。

「新型動力炉に耐えうる機体に仕上げるのが、今後の課題かしらね」

パーシーの反応を見ると、どうやらアタランテの開発自体は継続するらしい。

もっとも、今後エマが関わるのは難しかった。

正式にパイロットに任命されていないため、次も乗れる保証がない。

「この子は第三兵器工場に戻るんですか？」

アタランテに愛着がわき、この子と呼ぶがパーシーは気にした様子がない。

「そうしないと整備ができないからね。それに、今回の戦闘で新しい課題も見えてきたわ。戻ったらまた改修しないといけないわね」

開発が継続すると知ったエマは、嬉しそうにアタランテを見上げる。

「安心しました。このまま終わりというのは、ちょっと――いえ、かなり心残りですし」

初めて自分が思うように動かせた機体だ。

エマとしては、このまま開発が順調に進んで後継機の量産型でも出てくれれば自分に乗る機会が回ってくるかも？　という淡い期待がある。

しかし、話は思わぬ方へと進む。

パーシーがエマに右手を差し出す。

握手を求めているようだったので、エマが握るとパーシーは強く握り返してきた。

「感謝しますよ、ロッドマン少尉。あなたのおかげで、開発計画は継続が決まったわ」

「それは何よりです」

「――だから、次もこの子に乗ってみない？」

「え？」

次も乗って欲しいと言われたエマは、驚いて言葉を失ってしまう。

パーシーが、エマの右手を両手で力強く摑む。

放さないぞ、という強い意志が表れた行動だった。

「本部経由で、バンフィールド家に打診するつもりよ。この子――アタランテのパイロットは、あなたしかいないわ。だから、どうかこの子のテストに付き合って頂戴」

本来であれば、自壊する欠陥機のテストパイロットなど断るのが普通だろう。

好き好んで乗るような機体ではない。

しかし、エマは瞳を輝かせる。

「はい！　あ、あたしで良ければ！　あ、でも、命令がないと無理ですけど」

返事をした後に、自分は騎士——軍人であり、上の許可がないと乗れないと気付いて気弱になる。

すると、パーシーがエマの右手を激しく上下に振る。

「乗るって言ったわね？　言ってくれたわよね？　それなら、必ず許可を取ってみせるから、絶対に逃げないでよ」

とても喜んでいるパーシーの姿を見て、エマは何となく察してしまった。

（もしかして、これまでに何度もパイロットに逃げられたとか？）

◇

宇宙へと上がったメレアとその護衛艦は、クローディア率いる艦隊と合流した。

旧式艦の集まりである辺境治安維持部隊の周囲には、最新鋭の艦艇が並んでいる。

クローディアが率いた精強な艦隊には、惜しみなく新造戦艦が配備されていた。

そんな中、大破したアタランテを引き取った第三兵器工場の輸送艦が、艦隊を離れて行く。

第三兵器工場の本部へと戻るのだろう。

その様子をメレアの展望室から眺めるのは、エマと一緒にいる第三小隊の面々だ。

皮肉屋のラリーが、精鋭艦隊を見ながら言う。

「最新鋭の艦艇で揃《そろ》えた艦隊とか、バンフィールド家は随分と贅沢《ぜいたく》だよな。どれだけ稼いでいるんだか」

星間国家の規模となれば、国家予算は天文学的な数字になる。

帝国の一貴族であるバンフィールド家には、エマたちからは想像もできない予算があるだろう。

その配分に対して、ソファーに座ったダグが愚痴をこぼす。

「こっちにも少しばかり分けて欲しいよな。そうすれば、酒保の品揃えも増えて少しは生活に潤いが出るってもんだ」

酒保とは、艦内にある売店——取り扱っている品が多く、酒や食べ物はもちろん、服やら日用品まで全て揃っている。

全て揃ってはいるが、左遷先であるメレアの酒保は通常の部隊よりも品揃えという面で見劣りがしていた。

モリーが大きなため息を吐《つ》くと、ダグに注意する。

「ダグさんは、どうせお酒が飲めればいいだけでしょ？」

「酒もつまみも何十年と品揃えが変わらないんだぞ。飽きたというより、もう見るのも嫌になったよ」

何十年と代わり映えのしない酒とつまみに、飽きを通り越して見るのも駄目になったらしい。

ラリーが当たり前の解決策を提示する。

「帰港した際に買いだめでもすればいいじゃないですか」

「買ってもすぐになくなるんだよ。不思議だよな」

不思議だと言って笑うダグに、ラリーもモリーもあきれ顔だ。

「少しは我慢しなよ」

「何か健全な趣味でも探した方がいいと思うよ」

二人に責められたダグは、手をヒラヒラとさせる。

「説教は聞き飽きた。それに、酒っていうのは人生の戦友だぞ。人生という荒波を、一緒に乗り越える相棒だ。お前たちも、少しは楽しく飲めるようになったらどうだ？」

ダグの考えを理解できない若い二人が、顔を見合わせて互いに頭を振っていた。

付き合いがそれなりにある三人の会話を聞きながら、エマはちょっとだけ羨ましかった。

（あたしじゃ会話には入れそうにないな）

気心の知れた三人の間に入れないエマは、アタランテを乗せて離れていく輸送艦を展望室から見る。

心の中で、アタランテに語りかける。

（また会おうね、アタランテ）

◇

クローディア率いる艦隊が、惑星ハイドラへと帰還した。

既に部隊は解散しており、再編前に補給と整備——そして、人員には休暇が与えられることになった。

ただ、責任者であるクローディアには、大事な仕事が残っていた。

クリスティアナの執務室にやって来たクローディアは、事の顚末《てんまつ》を報告しつつ、ある電子書類を提出した。

そこに書かれた内容を見て、クリスティアナが小さなため息を吐いて微笑している。

「エリートたちも含めて、新人は数年Cランクで様子を見て、それから騎士ランクの昇格を決めるのは知っているわよね？」

クローディアの提出した書類の内容だが、それはエマの騎士ランクを昇格させるものだった。

推薦者には、クローディア自身の名前が書かれている。

クリスティアナに「エマの騎士ランクを昇格させたい」。

そして、「エマの配属先を変更したい」という二点を申し出た。

それだけなら問題ないのだが、クローディアが推薦した騎士ランクは「B」ランクだ。

一般騎士より一つ上のランクであり、ベテランや中堅所が多いランクである。

ただ、バンフィールド家の規定では、エリートたちでも数年間はCランクで固定することが前提となっていた。

今まで例外などなかった。

それというのも、騎士の真価を見定めるためには、戦場をある程度経験しなければわからないからだ。

戦場で生き残り、はじめてBランクへの昇格が判断される。

二度の実戦を経験したエマならば、十分に条件を満たしてはいた。

しかし、エマのように短期間での昇格は異例になる。

「存じておりますが、ロッドマン少尉の実力を評価すれば妥当なランクだと判断しました」

返事をするクローディアに、クリスティアナは僅かに嬉しそうにしていた。

クリスティアナは、エマが騎士ランクの昇格を審査するに相応《ふさわ》しい実績を残していると納得する。

「短期間で実戦を二度も経験し、その内一つは大手柄。確かにBランクに相応しそうね。けど、いいのかしら?――今後、ロッドマン少尉には相応の任務が与えられるのよ」

騎士ランクはただの飾りではない。

騎士の実力を評価したものであり、高ランクになれば軍から相応の任務を与えられる。

昇格させた後に、やはり実力不足だったなどという言い訳は通用しない。

実力に不相応なランクを与えれば、すぐに命を失ってしまう。

一度昇格してしまえば、後戻りなどできない。

実力不足が問題視されれば、推薦したクローディアの評価も大きく下がるだろう。

クリスティアナとしては、もう少しエマにCランクとして経験を積ませたかったのだろう。

ただ、クローディアは思う。

（私もそれが正しいとは思う。ただ、あの子が憧れているあの方に近付こうと思うならば、今のままでは無理だろう）

クローディアは、エマが誰の背中を追いかけているのかを知っている。

だからこそ、あえて険しい環境に放り込もうとしていた。

（もしも、本当にあの方に近付こうとするのなら、この程度は乗り越えて見せろよ）

嫉妬から厳しい道を用意したのではない。

本当にあの方の背中を追いかけたいならば、今の環境では駄目だと思っての行動だ。

クローディアにとっては、エマの背中を押してやったようなものだ。

「その程度は、乗り越えられると信じております」

クローディアが断言すると、クリスティアナが微笑《ほほえ》んでいた。

面倒な手続きを持ち込んできた部下が、成長の兆しを見せたのが嬉《うれ》しかったのだろう。

「クローディアがそこまで言うとは思わなかったわ。あなたは、一度無能と決めつけると、評価を改めない悪い癖があったのに変わったわね」

たった一度でも無能と判断すれば、クローディアが相手を再評価することはない。

厄介なのは、クローディア本人が優秀であることだ。

そのため、クローディアから見れば大半が無能となってしまう。

有能ではあるが、問題を抱えていた部下――そんなクローディアが、エマと関わったことで成長してくれたのがクリスティアナは嬉しかった。

クローディアが僅かに恥ずかしそうにしながら、反省を口にする。

「――私の評価が間違っていただけです」

素っ気ない返事をする部下に、クリスティアナには悪戯心《いたずらごころ》が芽生える。

エーリアスで起きた事件の詳細は報告されており、クローディアの報告書について問題を指摘する。

「ロッドマン少尉の才能を見抜けたのは、あの方のみ。そう自分を責めなくてもいいわ。それよりも、メレア――そして、その護衛艦たちの脱走について不問にしたそうね。クローディアなら、これを理由に全員を除隊させると思っていたのに」

責任者であるティム大佐を銃殺し、残りは問答無用で除隊処分。

以前からクローディアが望んでいたことだ。

しかし、今回は責任を追及しなかった。

「戦力として数えなかったのは私です。責任があるとすれば、私にあります」

自分が罰せられるのを覚悟して、メレア――辺境治安維持部隊を庇《かば》っていた。

「そうね。もっと効果的に運用していれば結果も変わったでしょうね」

クスクスと笑う上官のクリスティアナを前に、クローディアが自分の責任について尋ねる。

普通であれば、叱責だけでは済まない問題だ。

「それだけですか？」

「罰を求めているなら、残念だけど諦めなさい。あなたを遊ばせておく余裕はないと言ったはずよ。今後も働いてもらうわ」

軍の規律から言えば納得できない結果に、生真面目なクローディアが難色を示す。

しかし、クリスティアナは譲らない。

そして、クローディアから推薦されたエマの扱いを決める。

「エマ・ロッドマンの昇格を認めます。ただし、配属先に関しては変更できないわ」

メレアから移籍できないと聞いて、クローディアは不服に思う。

左遷先と言われた辺境治安維持部隊に、いつまでもエマを置きたくないというクローディアの考えは拒否されてしまう。

「何故《なぜ》です？　あそこに残せば、少尉の才能を無駄にしてしまいますよ」

何としても配属先を変更したいクローディアだったが、クリスティアナは小さくため息を吐いてから説明する。

「特機とセットでなければ運用できない騎士は、どこにでも配置できないわよ。それに、第三兵器工場からのご指名よ。開発チームに少尉の部隊を加えたいと熱烈な申し出があったわ」

アタランテを操縦して見せたエマに、第三兵器工場は特別チームを編成して送ると打診があったと告げた。

エマを名指ししており、かなり強引にねじ込んでいるため第三兵器工場の本気度がうかがえる。

クローディアもエマの特殊な才能を考えて、仕方がないと受け入れる。

「しばらくは新型機のテストパイロットですか」

「メレア自体を試験部隊として運用します。ただ、少し面倒もあるのよね」

クリスティアナが小さなため息を吐くと、クローディアの前にメレアを母艦とした実験部隊の編制内容が表示される。

メレアと、その護衛艦数隻。

どれも旧式で、試験部隊としての扱いには頼りない艦隊だ。

クローディアが顔をしかめた。

理由は、技術試験のためにメレアを改修する計画が出ているためだ。

その改修を依頼する先が問題だった。

「メレアは第七兵器工場製でしたか」

クリスティアナが小さく頷《うなず》くと、やや面白くないという顔をしている。

「――あの方を通じて、第三兵器工場の技術を入手するつもりね。そのために、メレアの改修を申し出てきたわ」

技術試験目的ならば、軽空母の改修が必要だろう――と。

「よろしいのですか？　あの方を利用する真似《まね》は許されません」

クローディアが不快感を示すが、クリスティアナは頭を振る。

「その〝リアム様〟が、お許しになったのよ」

「そ、それは――いえ、差し出がましい口を利きました」

許可を出したのがリアムだと聞いて、クローディアは口をつぐむ。

バンフィールド家の絶対君主の決定では、クローディアには逆らえない。

クリスティアナは、エマの昇進もこの場で決定する。

「エマ・ロッドマン少尉は、本日付で中尉に昇進させます。初陣はともかく、今回の作戦での功績は大きいわ。――あの方に期待をかけられた騎士でもあるからね」

クローディアが僅かに驚きながらも、クリスティアナに礼を言う。

「昇進まで！　ありがとうございます」

この時点で、エマは中尉に昇進し、騎士ランクはBとなった。

出来損ないと呼ばれた新米騎士が、異例の出世を遂げた瞬間である。

「いいのよ。今後は中尉にも働いてもらうことになるわ。報酬の前払いみたいなものね」

エーリアスの事件を経て、エマは同期のエリートたち以上の出世を果たした。

ただ、クリスティアナはエマの今後を予想して心配する。

「むしろ、大変なのはこれからよ」

◇

ハイドラにある自然公園。

見晴らしのいい場所に来たエマは、ベンチに座ってハイドラの景色を眺めていた。

エーリアスに向かう前と同じ景色だ。

少し前に自身の昇進と昇格が知らされたが、エマ本人は正義について考える。

騎士として出来損ないを脱せたのは素直に嬉しいが、それよりも今回の作戦では考えさせられることが多かった。

「あたしの正義って何だろう」

自分を悪と断言するリアムの話を聞いて、エマは自分が目指す正義について深く考えるようになった。

追いかけていた人が悪党を名乗っていた。

それがエマを悩ませる。

弱い人たちを守るために、騎士を目指した。

その思いは変わらない。

だが、その正義を体現するリアム本人は、自身を悪と言っている。

憧れた人は、どうやら正義の騎士ではないらしい。――リアムを追いかけるのは正しいのだろうか？

ただ、その悪人が自分よりも正しいように見えていた。

平和なハイドラの景色を眺めていると、エマは何が正しいのかと悩む。

そんなエマの隣に、いつの間にか姿を現した老人が静かに腰を下ろした。

急に現れた老人に驚いたエマは、ビクリと反応して大きな声を出す。

「お爺《じい》ちゃん!?　来たなら声をかけてよ。ビックリしたよ」

「それは失礼しました。ですが、騎士が素人に近付かれて気付けないのは問題ですよ」

「それはそうだけどさ～」

(これ、あたしが悪いのかな？　というか、本当にお爺ちゃんって何者なんだろう？)

長い付き合いだが、エマは老人のことをほとんど何も知らなかった。

優しい笑みを向けてくる老人が、再会できたことを喜んでいる。

「無事に戻られたようで何よりです」

「――うん」

戻ってこられたのは素直に嬉しいエマだが、悩みがあるため表情が優れない。

そんなエマの気持ちを察した老人が尋ねてくる。

「どうやら悩みがあるようですね。この老体――ブライアンでよいなら、話くらいはお伺いしますよ」

悩みを聞くという老人――ブライアンに、エマは空を見上げながら本音を吐露する。

「憧れの人を目指していたのに、その人は正義の騎士じゃなかったみたい」

「あぁ、それは」

老人は口元に拳を当てて何やら考え込むが、エマは話を続ける。

「ずっと正義の騎士だと思っていたのに、本人は自分を悪党だってさ。あたしは何も知らなかったし、何も見えていなかった」

目の前に広がる平和な景色を作りだしたのが悪党だとは、エマは信じられなかった。

だが、自ら悪党を名乗っている。

「お爺ちゃん知ってる？　領主様、十歳の頃に悪いお役人さんを斬ったんだって。あたしが十歳の頃なんて、遊び回っていただけなのにさ。――何もかもが、あたしとは違いすぎるよね」

自分が遊び回っていた年齢の頃に、リアムは領内を良くしようと汚職役人を斬り殺して領内の健全化を図っていた。

覚悟も行動力も、自分とは違いすぎる。

そんな風に考えているエマは、老人に呟《つぶや》く。

「あたしが目指すなんておこがましいのかな？」

何が正しいのか、エマにはわからない。

何よりも、この景色を作り出すために悪党になったリアムの覚悟だ。

領民のために修羅の道を歩んだ者と、自分を比べることも間違っている気がしてきた。

自分がのんきに正義を目指していたのが、恥ずかしくなってくる。

「あたしは間違っていたのかな？」

そんなエマの悩みに、老人が答える。

「——あの方はお優しい方です。故に、自分の行いを一番理解されているのでしょうね」

「お爺ちゃん？」

老人がうつむき加減で、優しさについて語る。

「この惑星を守るために、強くならねばならなかったのです。誰よりも強く。そして、その手を血で染めるしかなかった」

「お爺ちゃん、どうしたの？　まるで——」

——近くで領主の姿を見てきたような口振りだ。

「もしも、あなたがあの方を悪党と思われるのなら、それは間違いではありません」

「そ、そうだよね」

自ら悪党を名乗っているのだから、悪党で間違いない。

しかし、老人は続ける。

「ですが、このブライアンはあの方を悪党などとは思いません」

「え、でも？」

「あなたはもっと、自分の心に向き合うべきです。自分の心に尋ねてみるのです。あの方は、あなたにとって悪党ですか？　それとも——正義の騎士ですか？」

老人に言われたエマは、自分の胸に手を当てて心に問い掛ける。

（あたしにとってあの人は——）

そして、自分の心の声に耳を傾けた。

——あの人は悪党か？

自分に問い掛けると、奥底で違うと叫んでいる少女の声が聞こえた気がする。

それは幼い頃のエマ自身。

あの日、アヴィドを見て騎士を目指すと決めた少女が、大声で違うと叫んでいる気がした。

目の前の景色を見ろ、と。

暮らしている人々の笑顔を見ろ、と。

誰が何と言おうと。本人が悪と名乗ろうと——あたしは信じている、と。

幼い頃のエマは、まっすぐな瞳でそう自分に語りかけてくる。

昔の自分に怒られたような気がして、エマは涙を流して微笑《ほほえ》む。

涙を拭いながら。

「——やっぱり、悪党より正義の騎士が似合っていると思う」

（あの人は、昔も今もあたしの目標で——正義の騎士だ）

そんなエマの姿を見て、老人は目尻を指で撫《な》でた。

エマの答えが嬉《うれ》しかったのだろう。

「そう思っていただければ、あの方も救われるでしょう。——きっと素直に喜んではくれないでしょうが、あの方は照れ屋ですからね」

そう言って老人が、ゆっくりと立ち上がりながらエマに言う。

「これからが大変ですぞ。特機を受け取るということは、それだけの働きを期待されているのと同じですからね」

「うん」

エマは老人の言葉で、新たな決意をする。

（落ち込んでいる暇なんてない。あたしはこの道を進み続けるって決めたんだから）

あの人の後ろを追いかけて、一体何が見えるのか？

まだ、エマには想像もできなかった。

老人が去り際に言葉を贈ってくる。

「若き騎士の未来に、このブライアンは期待しておりますぞ」

ただ、エマはここでようやく気付く。

自分は老人にアタランテ——特機の話をしただろうか？　と。

「あれ？　どうしてお爺ちゃんがアタランテのことを知っているの？　え？　も、もしかして――アタランテを届けたのってお爺ちゃんだったの!?」

エマの叫び声を聞いた老人が、振り返ると苦笑しながら頭を振る。

「このブライアンではありません。送られたのは――いえ、これは黙っていた方が良さそうですね」

答えずに去ろうとする老人に、エマが慌てて追いすがる。

「待ってよ。教えてよ、お爺ちゃん」

「だ、駄目です。その内にわかることですから」

「何で!?　ちゃんとお礼を言いたいのに！」

老人が端末で時計を確認すると、わざとらしく用件を思い出して逃げていく。

「おっと、もうこんな時間でしたか。このブライアンも忙しいので、今日はこれで失礼させていただきますよ」

エマを振りほどいた老人が去って行く。

そんな老人の後ろ姿を見たエマが、頬を膨らませる。

「教えてくれてもいいのに」

ブライアンの正体を知らないエマには、アタランテが誰から送られた物なのか想像することもできなかった。

特別編▼叙勲式

惑星ハイドラに帰還した辺境治安維持部隊の面々。

そんな彼らを待っていたのは、お屋敷での叙勲式だった。

エーリアスで起きた事件の解決に貢献したとして、司令官のティム大佐や第三小隊の面々が代表して勲章を受け取ることになった。

ただ、叙勲式と仰々しく言われてはいるが、バンフィールド家の規模にもなれば毎日のように誰かが功績を立てている。

大戦で英雄的な活躍をしない限り、大々的な叙勲式が行われることはない。

領主――リアム・セラ・バンフィールドがわざわざ姿を見せることもなかった。

多少は形を整えるが、事務的な叙勲式となっている。

それでも、勲章を受け取るというのは騎士や軍人たちにとって栄誉なことだ。

叙勲式に参加するエマも、久しぶりに騎士の礼服に袖を通してお屋敷にやって来た。

やって来たのだが……。

「ここどこなのぉぉぉ!?」

……広すぎるお屋敷で迷子になっていた。

お屋敷と呼ばれているので勘違いされがちだが、バンフィールド家は星間国家であるアルグランド帝国の伯爵家だ。

領地は惑星を幾つも所有しており、帝国貴族たちの中では上位層の大貴族に分類されている。

そんなバンフィールド家のお屋敷は、都市と呼んでもおかしくない規模だ。

土地勘のない大都会で迷っている状況と同じである。

涙目で端末を操作し、目的地である叙勲式が行われる建物を探す。

ナビゲーションを開始するが、最短ルートは工事が行われており使用できなかった。

「ちょっと見学しようと寄り道さえしなければ……」

頭を抱えるエマは、このまま叙勲式に遅刻したら……と考えて震える。

騎士が叙勲式に遅刻するなど許されないからだ。

エマが困り果てていると、通り過ぎようとしていたメイド服姿の女性が足を止めた。

黒髪に赤い瞳のメイドは、エマを見ると話しかけてくる。

「お困りですか？」

「へ？」

◇

「いや〜、助かりました。これで叙勲式に間に合います」

「それはよかったですね」

街中でメイドの後ろをついて歩くエマは、物珍しくて周囲をキョロキョロと見ている。

「それにしても、お屋敷は広いですね。ここまで広い必要があるのかな？」

素朴な疑問を口にすれば、メイドが淡々と答えてくる。

「バンフィールド家は伯爵家ですからね。相応に見栄《みえ》を張る必要がございます」

アルグランド帝国の伯爵家……しかし、エマにとっては雲の上のような話だ。

お屋敷が広すぎる理由は理解できても、自分の中で納得できるかは別問題だ。

「もっと小さくてもいいと思うけどなぁ」

エマの素直な感想を聞き、メイドが立ち止まって振り返ってくる。

一瞬、失礼なことを言ったのかと思ったエマだが、メイドに怒った様子はなかった。

「旦那様も同じことを言っていました。大きく造りすぎてしまった、と」

「旦那様？　メイドさんのご主人さんですよね？」

「はい。私共を可愛《かわい》がって下さる、優しい方でございます」

エマはメイドのご主人がお屋敷内に住んでいると聞いて思う。

（お屋敷内に住んでいる偉い人のメイドさんなのかな？……あれ？）

そして、今になってメイドの露出した両肩に刻印があると気付いた。

（この人……ロボットだ）

エマの反応を見て、メイドロボも気付いたようだ。

右手で建物を指し示した。

「あちらが叙勲式の行われる建物です。この道を進めば問題なく到着するでしょう。それでは、失礼いたします」

頭を下げて去って行くメイドに、エマは慌てて礼を言う。

「あ、あの！　ありがとうございました！　あたしはエマです。エマ・ロッドマンです」

自己紹介も行うと、メイドが立ち止まって振り返る。

僅かに首をかしげていたが、すぐに姿勢を正してカーテシーを行った。

「ご丁寧な挨拶をありがとうございます。私は【伊吹《いぶき》】でございます」

姿勢を戻した伊吹は、僅かに微笑んでいるように見えた。

「珍しい名前ですね」

「はい。ですが、旦那様に名付けてもらった大切な名前でございます」

「大事な名前なんですね」

「ええ。それではエマ様――今後の活躍を応援しております」

そう言って微笑むメイドロボの伊吹は、背を向けて去って行く。

その後、遅刻は免れたが時間ギリギリに到着したエマは、ティム大佐に小言をもらうのだった。

あとがき

『あたしは星間国家の英雄騎士！』一巻を手に取って頂き、誠にありがとうございます。

作者の三嶋与夢《みしまよむ》です。

タイトルと表紙で「おや？」と思った読者さんもいると思われますが、この作品は自作である「俺は星間国家の悪徳領主！」の外伝作品となっております。

最初は書籍化を考えておらず、Ｗｅｂに投稿するだけの作品になる予定でした。

タイトルも「あたしの悪徳領主様!!」としており、本編同様にこちらも気軽な気持ちで書き始めました。

本編で書ききれない部分をどこかで書きたい――そうだ、外伝として投稿しよう！　と。

外伝作品ではありますが、この作品だけでも楽しめるように意識して書いています。

作風も本編よりも泥臭く、そして一つ一つ成長していく女主人公のエマ。

――そんな自作が、まさかの書籍化。

そして、本編六巻と同時発売するとは、思ってもいませんでした（汗）。

ですが、こうして書籍化できたのも読者の皆さんのおかげです。

今後も頑張りますので、どうか応援をよろしくお願いいたします。

無自覚に激レアアイテムを持ってる人

今後ともよろしくお願いします。

高峰ナダレ

OVERLAP

あたしは星間国家の英雄騎士！ ①

発　　行　2022年12月25日　初版第一刷発行
　　　　　2023年 1月20日　　　第二刷発行

著　　者　三嶋与夢

発 行 者　永田勝治

発 行 所　株式会社オーバーラップ
〒141-0031　東京都品川区西五反田 8-1-5

校正・DTP　株式会社鷗来堂

印刷・製本　大日本印刷株式会社

Printed in Japan ISBN 978-4-8240-0358-4 C0193

作品のご感想、ファンレターをお待ちしています

あて先：〒141-0031　東京都品川区西五反田 8-1-5 五反田光和ビル4階　オーバーラップ文庫編集部
「三嶋与夢」先生係／「高峰ナダレ」先生係

PC、スマホからWEBアンケートに答えてゲット！

★この書籍で使用しているイラストの『無料壁紙』
★さらに図書カード（1000円分）を毎月10名に抽選でプレゼント！

▶https://over-lap.co.jp/824003584
二次元バーコードまたはURLより本書へのアンケートにご協力ください。
オーバーラップ文庫公式HPのトップページからもアクセスいただけます。
※スマートフォンとPCからのアクセスにのみ対応しております。
※サイトへのアクセスや登録時に発生する通信費等はご負担ください。
※中学生以下の方は保護者の方の了承を得てから回答してください。

オーバーラップ文庫公式HP ▶ https://over-lap.co.jp/lnv/